BARRAGE PROJETÉ

DANS LA VALLÉE DE LA SEMAINE

EN AMONT DE THIERS.

CONSIDÉRATIONS SUR LES BARRAGES INDUSTRIELS.

Sᵗ-ÉTIENNE, ANNONAY, Sᵗ-FÉRÉOL.

Industrie, Agriculture, Hygiène publique, Inondations,
Dessèchement des marais,
Questions humanitaires, Indemnités exigibles pour cause de dommages directs ou indirects (trois juridictions),
Fontaines publiques, etc.

PAR

Jⁿ-Bᵀᵉ-Aʟᴰᴿᵉ DECOUSON,

FABRICANT DE COUTELLERIE ET AGRONOME,

PRÉSIDENT DU COMITÉ CONTRE LE BARRAGE.

> Je suis Thiernois, mon pays avant tout.
> Imité de Béranger.
>
> *Mea mihi consciencia pluris est, quàm omnium sermo.* Cicéro.
>
> Il est coupable d'égoïsme, de lâcheté et même d'ATHÉISME, celui qui froidement calcule le nombre, la puissance ou la malice des ennemis, que peut lui susciter une bonne action.
> Maxime de l'Auteur.

CLERMONT-FERRAND

FERDINAND THIBAUD, IMPRIMEUR-LIBRAIRE
Rue St-Genès, 8-10.

1863.

PROTESTATION

BARRAGE PROJETÉ

DANS LA VALLÉE DE LA SEMAINE

EN AMONT DE THIERS.

36060

PROTESTATION

CONTRE LE

BARRAGE PROJETÉ

DANS LA VALLÉE DE LA SEMAINE

EN AMONT DE THIERS.

CONSIDÉRATIONS SUR LES BARRAGES INDUSTRIELS.

Sᵗ-ÉTIENNE, ANNONAY, Sᵗ-FÉRÉOL.

Industrie, Agriculture, Hygiène publique, Inondations,
Dessèchement des marais,
Questions humanitaires, Indemnités exigibles pour cause de dommages directs ou indirects (trois juridictions),
Fontaines publiques, etc.

PAR

Jᴺ-Bᵀᴱ-Aᴸᴰᴿᴱ DECOUSON,

FABRICANT DE COUTELLERIE ET AGRONOME,

PRÉSIDENT DU COMITÉ CONTRE LE BARRAGE.

Je suis Thiernois, mon pays avant tout.
Imité de BÉRANGER.

*Mea mihi consciencia pluris est, quàm omnium
sermo.* Cicero.

Il est coupable d'égoïsme, de lâcheté et même d'ATHÉISME,
celui qui froidement calcule le nombre, la puissance ou la malice
des ennemis, que peut lui susciter une bonne action.
Maxime de l'Auteur.

CLERMONT-FERRAND

FERDINAND THIBAUD, IMPRIMEUR-LIBRAIRE
Rue St-Genès, 8-10.

1863.

PRÉFACE DE L'ÉDITEUR.

L'auteur de cet ouvrage avait à rédiger un simple Mémoire, la multiplicité et l'importance des matières qu'il avait à traiter, l'ont naturellement conduit à faire un livre, d'où doivent ressortir d'utiles enseignements publics.

Une consciencieuse loyauté l'a dirigé dans ses réflexions morales et humanitaires.

Il traite les questions industrielles, agricoles, financières; de la législation en matière d'expropriation pour cause d'utilité publique; des indemnités directes et indirectes; des limites de la compétence des jurys spéciaux, des tribunaux civils et des conseils de préfecture.

Il constate les dangers que présentent pour la santé publique les marais et certains étangs, l'utilité de leur dessèchement, la préférence incontestable qui, pour l'alimentation d'une ville, doit être accordée aux eaux de sources sur celles de rivières et d'étangs, il indique la manière la plus simple d'aérifier les premières, sans augmenter les frais de conduite, etc.

Nous avons lieu d'espérer que cet ouvrage sera favorablement accueilli, principalement par les populations de Thiers et des autres localités, en faveur desquelles l'auteur invoque des principes imprescriptibles d'humanité.

NOTE DU COMITÉ.

L'imposante manifestation qui se produisit dès le 28 août dernier, avait dû nous faire espérer que le projet de barrage serait définitivement abandonné, lorsqu'au commencement de décembre, nous avons appris qu'il y était donné suite.

Dès le 22 octobre, les pièces avaient déjà été renvoyées par Son Exc. le Ministre à M. le Préfet.

Nous extrayons ce qui suit d'une lettre d'un haut fonctionnaire qui, à tous les titres, mérite la confiance et l'estime :

« Si les journaux du pays refusent d'admettre vos objections, il n'en faut pas davantage *pour prouver l'utilité du Mémoire que vous annoncez, et de sa distribution aussi étendue que possible.*

» Si une souscription était ouverte pour couvrir les frais à faire, je demande la faveur de m'y associer, prêt à en faire autant pour les publications en sens contraire. »

D'autres avertissements et symptômes étant venus confirmer nos craintes, la prudence nous imposait l'obligation de ne pas hésiter plus longtemps à publier cette nouvelle Protestation, afin qu'il soit donné à tous l'assurance formelle que le projet est à jamais abandonné. Nous espérons que le Gouvernement ne nous refusera pas cette légitime et trop retardée satisfaction ; car quelques-uns nous disent : Quoi que vous fassiez, tout se conclura malgré vous.

D'autres nous disent : On n'y pense plus, ou du moins l'on n'en parle plus.

Il est temps que cet état de perplexité obtienne une solution définitive.

CHAPITRE PREMIER.

Explications préliminaires. — Au Comité contre le barrage (1).

———o———

A la fin du mois d'août dernier, de graves symptômes firent penser que le projet d'un barrage à Marchat, pourrait bien ne pas être un mythe.

Alors une grande quantité de personnes se sont spontanément trouvées réunies, comme pour conjurer un malheur public; elles ont institué un Comité, et nous en ont confié la présidence, avec prière de prendre toutes les mesures nécessaires, afin d'empêcher l'établissement de ce barrage.

Notre devoir est de remplir ce mandat sans haine et sans crainte, et d'expliquer à tous la vérité, sans aucune autre préoccupation, car les menteries et les moyens souterrains n'aboutissent le plus souvent, qu'à la confusion de ceux qui les emploient.

Vingt exemplaires de deux pétitions (2) adressées à Son Excellence le Ministre de l'agriculture, du com-

---

(1) Institué par procès-verbal du 24 août 1862. Voir aux Pièces justificatives, note *A*.

(2) Voir la copie aux Pièces justificatives, notes *B* et *C*.

1

merce et des travaux publics, dont cette affaire embrasse toutes les spécialités, ont été en moins de trois jours, combles de signatures et d'adhésions loyalement certifiées.

Son Excellence nous a donné la formelle assurance, que les observations qui seraient consignées à l'enquête, seraient, de sa part, l'objet d'un sérieux examen.

Des motifs que nous voulons ignorer, ont retardé cette formalité; bientôt peut-être nous la verrions surgir; il convient de la prévenir, d'y préparer les esprits en les éclairant, afin que nous ne soyons pas pris à l'improviste par cette enquête.

L'expérience nous a appris que les résultats de ce genre de formalités, ne satisfont pas toujours les plus sages vœux publics.

Vous savez, Messieurs, que la pétition annonçait, qu'incessamment elle serait suivie d'un Mémoire justificatif, expliquant les motifs sommaires du premier acte d'opposition de nos populations.

Vous savez aussi que notre silence a pu être en haut lieu mal interprété; qu'on a pu dire que la voie de pétition n'était pas une voie régulière; y a-t-il rien de plus régulier cependant chez tous les peuples, que d'adresser au chef de l'Etat leurs vœux et leurs plaintes géminées; on a pu laisser croire aux autorités que, si nous nous taisions ultérieurement, c'est que nous étions à bout de bonnes raisons, tandis que de notre côté, nous étions autorisés à penser, qu'une imposante manifestation avait fait rentrer en eux-mêmes les instigateurs du barrage.

En vain nous avons espéré, qu'on s'empresserait de nous rassurer contre cette mesure, et de réparer le préjudice anticipé que la seule menace fait éprouver aux propriétés.

Vous avez compris, Messieurs, qu'on ne saurait trop tôt dissiper les alarmes des populations menacées et inquiètes; qu'on cherche à insinuer que l'on ne songe plus au projet, et en quelque sorte à nous endormir, en nous éthérisant jusqu'à un moment plus favorable.

Le soin de rédiger un Mémoire nous a été imposé; nous venons aujourd'hui vous donner communication du manuscrit. Nous vous invitons à y apporter toutes les modifications que vous jugerez convenables.

La multiplicité des matières nous a obligé de donner à cet ouvrage la proportion d'un livre; puisse-t-il être utile à d'autres localités !

Vous reconnaîtrez que, dans cette pénible tâche, nous avons été soutenu par notre bonne volonté, notre dévouement aux intérêts de notre pays.

Nous nous sommes conformé à ce précepte humanitaire d'un moraliste : *Quoniam (ut præclarè scriptum est à Platone), non nobis solum nati sumus, sed etiam patriæ, parentibus, amicis, cæterisque hominibus:* parce que (comme l'a si bien dit Platon), nous n'avons pas été créés pour nous-mêmes, mais encore pour notre patrie, nos parents, nos amis et aussi pour tous les autres hommes.　　Cic., *de Off.*, 21.

Vous n'ignorez pas, Messieurs, que le principal argument des amateurs du barrage, consiste à dire *que nous avons intérêt à l'empêcher, et qu'en consé-*

*quence il n'y a pas lieu de prendre nos craintes en
considération.*

Assurément, si nous habitions les bords du Niger, du
Gange ou du Mississipi, aucun de nous ne songerait à
venir ici de ces rives lointaines, dans le but de réclamer
contre l'établissement d'un foyer de mortalité pour
Celles, Viscomtat, Saint-Rémy, Arconsat et Thiers
même, etc.

On semble oublier que, dans toutes les enquêtes,
ce sont principalement les intéressés, qui sont conviés
à venir consigner leurs dires et observations.

On semble oublier que le cas de légitime défense nous
donne la faculté, mais encore nous impose l'obligation
d'une entière et courageuse franchise.

Il est vrai que les pétitionnaires, ceux surtout de la
montagne, ont des intérêts légitimes à faire respecter,
et posent ce dilemme :

Si l'on est assez équitable pour nous indemniser
d'une somme, égale à celle des préjudices que nous aurions à subir, il faudra avouer que nous sommes dé-
sintéressés.

Si au contraire, on pouvait croire qu'en nous tenant
compte seulement de l'indemnité pour l'occupation de
nos terrains, on serait admis à nous *éconduire pour
tous autres préjudices réels*, ce serait avouer qu'on
prépare à notre encontre, une *indirecte* et *gratuite*
expropriation, nous éviterons de dire une *spoliation*.

Si la première proposition, la seule équitable était
appliquée, l'exécution du projet coûterait beaucoup
plus de millions que le devis n'en accuse.

La deuxième proposition nous conduit à penser que ceux qui ont une si mauvaise opinion de la législation française, ne la connaissent point, et croient à la possibilité d'une flagrante iniquité.

Il nous serait facile de retourner l'argument contre une partie de ceux qui le produisent, et de leur répondre, qu'eux aussi croient avoir un intérêt, qui est le seul mobile de leurs démarches. Nous défendons nos biens, nos existences, et, eux veulent augmenter *leur fortune* ou leur influence ; si nous ne modérions la vérité, nous pourrions dire la mesure des actions et des espérances de chacun dans cette affaire.

Nous ne frôlerons aucune des questions que soulève la circonstance, quelque nombreuses et compliquées qu'elles soient, notre bonne foi viendra en aide à notre insuffisance.

Nous démontrerons que les exemples si bruyamment invoqués des barrages de Saint-Etienne, d'Annonay, du lac de Saint-Féréol, etc., ne sont pas heureusement choisis sous le rapport hygiénique, ni quant aux avantages que doivent retirer du nouvel état de choses les usiniers de Saint-Etienne et d'Annonay.

En chaque matière, à l'appui de nos opinions, nous citerons celles des hommes spéciaux et compétents (1), des jugements, des arrêts ; nous emprunterons aussi aux moralistes, aux philosophes, quelques-uns de ces

----

(1) Nous remercions tous les hommes de cœur auxquels nous nous sommes adressé pour en obtenir des renseignements, pas un seul ne nous a refusé son concours.

préceptes (dont nous ferons la traduction libre), que
les gens de bien aiment à rencontrer, à se rappeler et
que l'on retient mieux avec le cœur qu'avec l'esprit.

Quoique nous combattions *pro aris et focis*, nous
exposerons nos dires avec sagesse et modération.

Tout antagonisme serait déplacé; enfants de la même
cité, notre devoir à tous, est de chercher la meilleure
solution de la question pendante.

Dans l'occurrence actuelle, le conseil d'un homme
illustre, nous servira de règle de conduite :

*Ne prenons pas des tons superbes et avantageux;
c'est faiblesse que de s'animer de la sorte, la force
est dans la raison tranquillement exposée.* BOSSUET.

Puisse notre exemple être DÉSORMAIS suivi.

Nous eussions voulu abréger, mais il est nécessaire
de traiter presque élémentairement plusieurs questions,
afin qu'elles soient comprises par tous les degrés d'instruction, par les résidents et les étrangers, et qu'on
puisse juger en connaissance de cause, c'est le meilleur
moyen d'éviter d'interminables débats.

Si les choses n'avaient pas été poussées aussi avant,
nous pourrions dire aussi près du but, nous n'aurions
pas à entrer dans des détails longuement explicatifs.

Déjà des opinions, des amours-propres sont engagés,
nous devons craindre qu'ils se transforment, qu'ils
dégénèrent en parti pris, si nous ne démontrions pé-
remptoirement que la raison est de notre côté.

Nous n'expliquerons autrement l'inconcevable demande de subvention faite à Sa Majesté l'Empereur à
Vichy, qu'en publiant l'extrait d'une lettre, et la pro-

testation signée au retour par douze de nos principaux fabricants, parmi lesquels sept conseillers municipaux. Cette pièce n'a pu être publiée à sa date (1).

Contraint d'insister sur des considérations en faveur de l'humanité, de traduire l'indignation générale, nous ne pouvons, autant que nous le désirerions, donner à notre langage des formes froides, purement scientifiques et en quelque sorte matérialisées, ennuyeuses pour les lecteurs.

Les débats de questions de localités, sont souvent plus véhéments que ceux d'intérêt général.

Nous éviterons néanmoins, autant que possible, de rien dire qui puisse désagréer aux personnes; nous éviterons même de les nommer, et nous prions les lecteurs de ne point scruter nos paroles, pour en extraire des allusions qui, de notre part, ne sont point intentionnelles.

Dans cette grave extrémité, nous ne devons point flatter les passions des hommes, mais parler à tous sans détour et suivant ce précepte :

Non ego ventosæ plebis suffragia venor. HORACE.

« Nous ne cherchons point à capter les suffrages populaires, qu'emporte au loin le premier vent défavorable. »

Nous reconnaissons les bonnes intentions de nos adversaires, leur enthousiasme entiché pour le barrage nous est une garantie de la croyance qui les anime; la plupart d'entr'eux croient que cet établissement produirait d'utiles résultats généraux; espérons qu'après en avoir mieux étudié les dangers et le peu d'utilité,

(1) Voir aux pièces justificatives, note *D*.

ils se désisteront de leur demande ; quant aux indiffé-
rents, qu'ils me permettent de leur citer une réminis-
cence :

*Quantulum est ei non nocere, cui debeas etiàm pro-
desse !*   SENEC., *Epist.* 95.

« Non-seulement on doit ne pas nuire, mais encore
être utile à ses semblables. » Après s'en être inspirés,
ils se rangeront du parti de ceux auxquels le barrage
serait nuisible.

Et alors le combat sera fini, faute de combattants.

Quant à nous, Messieurs, du moment où il s'agit de
lutter contre une désastreuse entreprise, nous le ferons
avec courage.

Nous continuerons de nous conformer à la devise
par nous adoptée dès notre jeunesse, à l'épigraphe de
notre vie.

« Nous avons tous ici-bas un apostolat à remplir ; chacun de nous doit, dans la mesure de ses forces et le périmètre de son influence, opérer tout le bien possible et
défendre les faibles contre les injustices, la vérité contre
le mensonge ; c'est un dur métier, il est vrai, qui crée
d'injustes adversaires, qui offre bien moins de quiétude
que l'insensibilité de l'égoïsme ; mais pour nous, qui
approchons de la dernière étape, il nous reprocherait
de changer de route. »

En conséquence, nous ne reculerons devant aucun
obstacle, pour arriver au but que nous poursuivons ;
nous comptons sur la continuation de votre concours,
Messieurs, qui jusqu'ici a si utilement secondé nos
efforts.

CHAPITRE II.

Description de la vallée de la Semaine.

Pastor Aristœus fugiens peneïa Tempe. Virg.

Le berger Aristée fuyant la vallée de Tempe.

———☉———

La contrée manufacturière et agricole, au centre de laquelle on se dispose à placer le barrage est, faute de chemins directs, fort peu connue même de la plupart des fabricants; il est nécessaire que nous en donnions une sommaire description.

La totalité du bassin dont les eaux alimentent la rivière de Durole, a une superficie de. . 17,403 hect.

Ce bassin est formé de plusieurs vallées, qui lui apportent le tribut de leurs eaux.

Parmi ces vallées, celle de la Semaine (1) comprend une superficie de. 5,544 hect.

Il reste pour le surplus du bassin. . . 13,859 hect.

Situés à 600 mètres d'altitude moyenne, au-dessus

(1) Ou Sepmaine par corruption, dont l'étymologie est tirée de *septem manus*, ou ruisseau à sept bras, la partie étant prise pour le tout. Ce ruisseau en effet reçoit six affluents.

du niveau de la mer, la riche vallée de la Semaine, où le projet place le barrage, comprend toute la commune du Viscomtat (1), et une partie de Celles.

Les cimes des montagnes qui la dominent, sont couronnées comme d'un diadème de forêts de sapins.

Les coteaux, ornés de nombreuses habitations, occupent environ 1,500 hectares de terres cultivées.

La nature des terrains varie à l'infini; en général, sur une couche d'argile ou de granit plus ou moins stratifié ou décomposé, repose à la surface une couche de terre franche, vive et féconde.

Sur la totalité de l'étendue de la vallée, il n'existe que 92 hectares de terres de bruyères, tour-à-tour soumises pour la plupart, à l'écobuage (2).

Une luxuriante plaine de prairies dite des Prades, *qu'on ne peut bien voir de Marchat*, sert de tapis au fond du panorama.

Le sous-sol de ces prairies est argilo-sableux, le sol est argilo-tourbeux-détritique, en tout semblable à la vase *gazonnée* d'un ancien étang.

(1) Ou Vicomtat, situé sur un soulèvement de forme conique; l'église et l'ancien château du Viscomtat, servent de couronnement au paysage d'un délicieux vallon qui, vu de la Barge, ou d'Ithaque, est très-pittoresque.

Des modifications modernes, ont privé une partie du château de son caractère de sombre antiquité. Il fut autrefois la demeure des vicomtes de Chazeron dont les descendants, comme pour démontrer la versatilité des positions ici-bas, comme pour vérifier la vérité symbolique du rêve de Jacob, sont actuellement monteurs de couteaux au village de la Moufferie, commune du Viscomtat.

(2) Il existe des filons d'améthiste, dont autrefois des Espagnols venaient en caravanes acheter les produits.

Notre savant naturaliste M. Lecoq a, sur son admirable carte géologique, classé les terrains que couvrirait l'étang projeté, parmi les ALLUVIONS MODERNES.

Dans la partie la plus rapprochée de Marchat, la plaine est plus resserrée, elle est bordée de terres végétales profondes, en général peu déclives; le reste de l'espace que submergeraient les eaux, serait *sans berges*, *et à niveau* du surplus des prairies, non condamnées à la submersion.

La pente moyenne en longueur est de 12 *millimètres* par mètre, en travers elle est presque nulle.

Il est probable qu'un étang couvrait autrefois cette plaine, et qu'une intelligente coupure au rocher granitique de Marchat, donna passage à l'écoulement des eaux.

La tradition rapporte que, près de là, a existé une ville du nom d'Etay, et qu'un tremblement de terre ou les miasmes de l'ancien étang, en ont déterminé la ruine.

Les produits des fouilles par nous opérées sur les lieux, d'après les indications des plus anciens du pays, feraient remonter l'existence de cette ville ou bourgade, à une époque correspondante à l'occupation romaine.

Dans le cas où on rétablirait l'*étang* des Prades, les hommes de science nous disent, qu'il n'y a pour les habitants de ce pays, d'autres moyens de se soustraire aux influences pernicieuses, que de prendre la fuite, comme avaient fait nos pères.

Les naturels de toute la vallée de la Semaine sont

alternativement occupés à la fabrication de la coutellerie et aux travaux d'agriculture ; tous les forgerons de ciseaux sont dans cette contrée.

Les deux sexes sont sveltes et vigoureux, les femmes y labourent, il en est même qui bêchent avec intrépidité ; ils sont d'une remarquable sobriété, généralement leur nourriture se compose de pain, laitages, pommes de terre, châtaignes et de porc salé quand ils en ont, les dimanches seulement ; ils ne boivent qu'exceptionnellement des liqueurs fermentées. Une telle nourriture ne saurait être un préservatif contre les miasmes paludéens.

C'est au centre de ce paysage ainsi peuplé, qu'on se propose de créer un foyer permanent de dégénérescence et de mortalité pour les hommes et pour les animaux, et de stérilité pour les propriétés.

Nous n'avons pas été initié à la connaissance particulière des plans et du rapport à l'appui du projet.

D'après quelques énonciations, produites ici à son cours par un estimable professeur de chimie M. Jourdain, nous avons pu néanmoins être fixé sur quelques points.

D'après les renseignements qui lui avaient été donnés, ce professeur croyant l'étang utile et inoffensif, avait jugé convenable d'essayer d'en démocratiser les avantages.

Le barrage serait placé un peu en amont de la brèche de Marchat, à 12 kilom. environ de la ville de Thiers.

Il aurait à sa base 10 mètres, 70 d'épaisseur, au sommet 5 mètres, et 125 mètres de longueur.

Lorsque l'étang serait plein, les eaux couvriraient un espace d'environ 68 hectares (180,000 toises); il aurait plus d'une demi-lieue de longueur, soit 2,440 mètres; il contiendrait de 4 à 5 millions de mètres cubes d'eau.

Avec un débit réglementaire, qui serait établi à 815 litres par seconde, il faudrait 60 jours, dit le professeur, pour mettre le lac à sec, et 17 jours seulement pour le remplir *avec une crue égale à celle du 10 janvier 1862.*

Il ajoute que le débit de la Semaine serait à peu près égal à celui de la Durole, c'est-à-dire comme 55 est à 45 — et ce qui paraîtra plus surprenant encore, comme 51 est à 49, ou à peu près égal *pendant les crues.*

Nous croyons pouvoir contester, au moyen de la raison et des notions de la science, ces énonciations dont nous allons démontrer l'erreur. Nous avons dit que le bassin de la Durole, moins la vallée de la Semaine, a . . . . 13,859 hect.
que la vallée de la Semaine a seulement. 3,544 hect.

Nous sommes autorisé à penser que les deux bassins étant placés sous le même ciel, dans les mêmes conditions, il tombe sur leurs superficies respectives, une même quantité *proportionnelle* d'eau, soit environ 4/5 dans celui de la Durole, et 1/5 dans celui de la Semaine.

De cette erreur on peut conclure, que le débit de la Semaine est exagéré dans les énonciations produites, et, qu'en conséquence le temps nécessaire pour l'emplissage de l'étang, a été apprécié au-dessous de la vérité.

Nous avons lieu de croire que les cataclysmes atmosphériques *extraordinaires*, semblables à celui du 10 janvier 1862, n'obéissent pas aux mathématiciens comme
leur plume, et qu'en certains cas assez fréquents, il
faudrait 5 à 6 mois, pour que cet immense réservoir
pût être élevé à l'étiage ; il est des circonstances où
deux années ne suffiraient pas à ce résultat, puisqu'il
faudrait compléter un débit élevé, lorsque le bassin de
la Durole sans la Semaine, serait insuffisant.

Au besoin, nous pourrions produire nos observations, basées sur nos expériences pluviométriques, et
aussi sur des jaugeages du ruisseau.

Nous déclarons que nous ne rendons notre hono-
rable professeur nullement responsable, ni des énonciations ni de l'exactitude des calculs susvisés ; nous ne
blâmons ici personne, nous n'avons d'autre intention
que de relever des inexactitudes. Tous ceux qui s'occupent de mathématiques, savent par expérience,
qu'il est facile de commettre les plus singulières erreurs. Mais nous laissons à chacun la faculté d'apprécier la probabilité des calculs que nous signalons.

Comme il n'est pas douteux qu'en dehors de ces
calculs, les raisons péremptoires que nous avons à
présenter contre le projet, empêcheront qu'il aboutisse,
les débats sur les détails de son exécution, ou les calculs erronés qui ont été produits sur plusieurs points
de ce débat, sont d'une importance secondaire.

CHAPITRE III.

Inutilité et dangers d'un barrage industriel à Thiers.

Non aliter sed veritatibus, ad veritatem adve-nire possumus.

C'est avec des vérités et non autrement, que l'on parvient à démontrer la vérité d'une proposition.

Suprema lex, ultima ratio, necessitas.

La loi suprême de légitime défense, nous m e dans la nécessité de tout expliquer.

———◈———

Les avantages qu'on espère retirer d'une entreprise quelconque, doivent être proportionnés aux sacrifices que celle-ci impose.

Le barrage est inutile ; outre ses autres inconvénients, cet établissement retarderait l'emploi des turbines ou d'autres roues économiques de force motrice, qui désormais, sont destinées à obvier aux chômages d'été et d'hiver.

Il ne produirait pas la baisse des prix de l'émoulure ; les usiniers qui ont eu la prudence de proportionner leurs machines, à la force du cours d'eau de la Durole, protestent contre cette construction ; *quelques* autres usiniers, affriandés par l'appas de fortes locations, la demandent.

Dans ce chapitre nous examinerons, ces questions et celles qui s'y rattachent.

Sur la rivière de Durole, dans les communes de Thiers, Saint-Rémy et Celles, l'on peut compter environ :

Aiguiseries, dites rouets ou ateliers de polissage   90 ayant pour les émouleurs ou polisseurs, places   1,500

    Moulins à farine, papeterie, etc.   42

Ces usines ont une somme totale de chutes de 220 m.

Ces chutes possèdent une puissance de *travail absolu*, égale à chevaux vapeurs. 1,800

Ce calcul est basé sur le produit de la somme des chutes, multipliée par la quantité de litres cubes par seconde des eaux moyennes, ou par l'étiage moyen de notre rivière.

Depuis quelque temps (1), d'importantes modifications ont amélioré la constitution des rouets, et le sort des ouvriers émouleurs qui y sont occupés.

Autrefois, les propriétaires d'usines n'avaient employé aucuns moyens, pour conjurer les fâcheuses conditions hygiéniques, dans lesquelles travaillaient les ouvriers émouleurs.

Des planches disjointes formaient les plafonds de leurs chétives cabanes, où pénétrait une lumière douteuse, à travers des carreaux de papier huilé.

Par des semblants de cheminées, il s'introduisait

---

(1) Ce paragraphe et quelques autres sont extraits de notre Histoire de la fabrique de coutellerie de Thiers, que l'Académie de Clermont a accueillie avec bienveillance.

dans les usines plus de froid, que le maigre feu qu'ils y entretenaient n'y répandait de chaleur.

Presque toutes ces huttes ont été remplacées par des maisons bien closes, qui reçoivent la lumière par des croisées vitrées.

Les écluses et biez ont été plus solidement construits, les chômages, qu'autrefois on pouvait évaluer à 40 pour cent, ne sont plus, sauf des cas séculaires, que de 20 pour cent.

La turbine à axe vertical ou horizontal, proportionnelle aux forces habituelles de notre cours d'eau, est appelée à remplacer les autres systèmes de roues plus ou moins surannées.

Avec la turbine couverte, il n'y aura d'autres chômages que ceux peu durables, occasionnés par le charriage des glaces, ou ceux indispensables en été, pour permettre de réparer les usines et la constitution des ouvriers; si ceux-ci travaillaient sans relâche, ils outre-passeraient les forces que Dieu leur a départies.

Avec la turbine, le nombre des chutes aujourd'hui utilisées, peut satisfaire surabondamment à tous les besoins de la fabrique; déjà, il faut le dire, il y a dans les rouets beaucoup de places vacantes, les ouvriers pourraient manquer, mais non point l'eau-moteur.

Un assez grand nombre de chutes sont encore disponibles, tant sur la Durole que sur les différents cours d'eau de la circonscription manufacturière; il est probable qu'avant peu, certaines autres usines seront transformées en rouets.

Les partisans du barrage, eux-mêmes ont évalué le

minimum du débit de la Durole à 500 litres. Ce minimum n'existe en moyenne, chaque année, que pendant 6 ou 7 semaines au plus.

Pour mettre et maintenir en mouvement une turbine, que je nommerai *rationnelle* (1), sous une chute de 2 mètres, 400 litres par seconde suffiraient surabondamment.

Au moyen des éclusées successives, chaque usinier peut obtenir en peu d'instants 400 litres de débit; les chutes les plus élevées ne chôment pas au delà des intervalles nécessaires au repos des ouvriers.

Tandis que pour mouvoir une des roues à l'ancien système, ou des turbines *irrationnelles*, 1,000 litres par seconde ne suffisent pas, surtout pour les usines qui partagent l'eau.

Un exemple incontestable vient à l'appui de cette appréciation avec une chute de 5^m,50, un débit que j'élève en le portant à 550 litres, l'usine de M. Rosserie a une force d'environ 15 chevaux-vapeurs.

22 ouvriers ont pu y travailler au moins 12 heures chaque jour, même pendant les sécheresses et les hivers des années 1861 et 1862.

La roue voisine en aval de M. Guélon, au bout du monde, quoique parfaitement établie, mais à l'ancien système, fonctionne moins bien avec un débit de 800 litres.

Les turbines sont destinées à obvier aux chômages d'hiver, les seuls préjudiciables à la fabrique.

_____

(1) C'est-à-dire, construite dans des proportions, en rapport avec la force habituelle de notre rivière.

En été, les 3/5 des ouvriers que nous nommerons complémentaires (1), qui risqueraient de chômer, faute de lames émoulues, sont occupés aux travaux des champs, et ne restent qu'accidentellement en boutique ; pendant cette saison, il y a nécessairement un moindre besoin de lames.

En hiver, au contraire, les ouvriers s'adonnent forcément aux travaux industriels, étant retenus dans leurs boutiques par les frimats ; c'est aussi la saison où arrivent de plus fortes commandes.

Ce qui vient à l'appui de nos appréciations, c'est qu'il est plusieurs fois arrivé, que des fabricants mal approvisionnés de lames émoulues, en ont fait monter de noires en hiver (2) ; jamais en été, que nous sachions, nous n'avons été réduits à cette extrémité.

Nous devons donc insister sur le plus prompt établissement des turbines abritées (3) ; avec elles, nous ne verrons plus les émouleurs obligés de briser avec des haches les glaces *stalactitées*, inhérentes à leurs roues trop fréquemment arrêtées, et cela, au moment même où leur concours serait le plus efficace.

La nature a, il semble, tout exprès pour faciliter

(1) Les ouvriers dont les rangs sont subséquents.

(2) On appelle lames noires, les lames trempées non émoulues ; lorsque le fabricant ne veut pas laisser manquer ses monteurs d'ouvrage, il leur livre les lames en cet état ; le monteur les marque au talon, puis les rend pour les faire émoudre, et les ajuste ensuite aux manches respectifs auxquels elles se rapportent. Cette manière a de grands inconvénients.

(3) Au moyen de petites primes, on pourrait encourager l'établissement des turbines.

notre industrie, réglementé elle-même notre bienfaisante rivière, ce riche Pactole de force hydraulique pour nos industries.

Pendant les basses eaux, les usiniers réparent facilement et à peu de frais les biez et les écluses ; le barrage existerait-il, fonctionnerait-il ce qui est impossible, au gré des rares personnes qui le sollicitent, il y aurait encore des chômages obligés.

Il a fallu le concours de circonstances séculaires, qui sans doute, ne se reproduiront jamais simultanément, pour qu'on eût occasion de s'apercevoir d'une défaillance dans notre cours d'eau.

Ce n'est pas ici seulement que cette exception a été remarquée.

Les jaugeages pratiqués tous les ans, à la source d'Arcueil depuis 1610, ont démontré que depuis 250 ans, ses eaux n'avaient jamais été aussi basses qu'en 1858.

Exceptionnellement aussi, pendant les plus récentes saisons d'été, les commandes sont arrivées en plus grand nombre que d'habitude. Cette anomalie provient de ce que les acheteurs ont cru prudent, de ne faire des approvisionnements qu'au jour le jour, pour des causes que nous laisserons en dehors du sujet qui nous occupe.

Un autre motif est venu compliquer la situation : la prudence commande aux fabricants de ne pas avoir de trop fortes provisions de lames émoulues ; plusieurs se plaignent de l'inconstance de la rivière, et aussi des exigences des émouleurs pendant les basses eaux ; ils pen-

sent que ceux-ci deviendraient plus dociles et disci-
plinés dans le cas où, au moyen d'un barrage, l'on
parviendrait à régulariser notre rivière ; ils espèrent
qu'un travail continuel amènerait infailliblement l'a-
baissement des prix de l'émoulure ; on est allé jusqu'à
insinuer que c'est à ce dernier motif, que l'on a dû la
presque unanime opposition des ouvriers émouleurs.

Cependant, il faut convenir que les ouvriers monteurs, les forgerons de lames, de platines, de res-
sorts, etc., qu'un assez grand nombre de fabricants,
tous les usiniers en amont de chez M. Guélon, plusieurs en aval, que tous les propriétaires de la montagne, presque tous ceux du Moutier, plusieurs des Duroles, n'ont pu consentir à devenir les complaisants bé-
névoles d'un tel calcul, et qu'ils ont concouru à la formidable opposition qui s'est spontanément produite.

N'ayons donc pas foi en ces obstinées accusations,
dont l'habileté patente ou latente, a fait la base de la
question principale ; de tels arguments tombent d'eux-
mêmes, lorsqu'on peut les connaître et y répondre.

Il y a eu de la part des maîtres et des ouvriers beaucoup de murmures plus ou moins raisonnés.

Selon nous, maîtres et ouvriers ne doivent jamais
oublier qu'ils ont tous le même intérêt à la prospérité, à
l'avenir de la fabrique ; les uns et les autres ont à se
pénétrer de ce principe moral et social : que la bonne
harmonie et la confiance, étant les bases constantes de
leurs rapports journaliers, nécessitent sans arrière
pensée, la réciprocité de conduite et de procédés.

Les maîtres voudraient ne jamais manquer de la-

mes, afin de ne point retarder l'expédition des commandes; aussitôt qu'elles sont rentrées limées, ils exigeraient, que bien vite elles fussent émoulues.

De leur côté, les émouleurs pourraient humblement
observer : qu'il y a des moments, comme à présent par
exemple, où les maîtres laissent les émouleurs sans ouvrage ; qu'autrefois ils leur livraient des provisions de
lames noires, et qu'ainsi ils étaient occupés aussi régulièrement que possible ; qu'il est pénible pour ces ouvriers de regarder passer l'eau infructueusement devant leurs usines, de payer les locations et de vivre aux
dépens des douteuses économies du passé et des éventualités de l'avenir.

Pour être juste et vrai envers tous, nous devons
dire, que le nombre des fabricants s'est multiplié beaucoup, que chacun d'eux ne peut avoir des provisions,
comme on les avait autrefois.

Les acheteurs plus inconstants tâtonnent, et essaient
de plusieurs fabriques, quoiqu'ils n'en soient pas le
plus souvent mieux servis, mais ce fait se produit.

Autrefois, les habitants de chaque contrée, con-
sommaient des modèles exclusifs, à la forme desquels
ils tenaient comme à leurs costumes caractéristiques,
on ne courait aucuns risques d'avoir d'avance des lames de ces formes.

La concurrence a modifié les relations, la multiplicité des modes fugitives, ne permet pas à tous les fabricants, d'avoir de forts approvisionnements de lames
émoulues, qu'ils risqueraient de garder en rebuts.

En été, les lames ne rentrent pas toujours bien ré-

gulièrement de chez les forgerons-cultivateurs, et puis
à cause de la baisse des prix de forge, il s'était formé peu
d'apprentis de ce rang, pendant les dernières années.

La bonne volonté des fabricants, est donc invincible-
ment soumise à des chances diverses, qui sont autant
d'obstacles aux intentions qu'ils auraient, de ne jamais
laisser sans travail leurs ouvriers émouleurs et les autres ; ils font au contraire tout le possible pour éviter
cette fâcheuse extrémité. Les ouvriers ont pu, en toutes
circonstances, apprécier les bienveillantes intentions
des fabricants. Il n'est donc point au pouvoir ni des
maîtres ni des ouvriers, de conjurer les chômages, et
de dompter les péripéties inconstantes de notre industrie.

S'il y a d'insignifiantes intermittences dans la somme
de notre cours d'eau, notre industrie comme toutes les
autres, a des quintes fébriles et des intervalles de ré-
mission.

Il serait difficile, impossible même d'établir une balance absolue, entre les quantités que la fabrique peut
livrer aux émouleurs, et les quantités que ceux-ci pourraient confectionner.

Des deux parts, il ne serait point sage qu'on se li-
vrât à des impatiences, à des murmures, à des repro-
ches même, et qu'on rêvât des impossibilités.

Maîtres et ouvriers doivent souhaiter que des circonstances nouvelles, ne viennent pas compliquer l'a-
venir de notre industrie ; qu'il arrive régulièrement des
commandes en fabrique, et que tous les exécutent de
leur mieux.

Les émouleurs devront ne jamais oublier, qu'avec la bonne qualité des aciers et la trempe, une émoulure consciencieuse est une des conditions indispensables, pour maintenir la réputation de notre fabrique, et leur assurer de l'ouvrage.

Il ne serait pas bien, que quelques-uns d'entr'eux profitassent des besoins des maîtres pour exiger des prix exagérés, et manquassent envers ces maîtres du respect indispensable à l'harmonie de toutes les branches de la hiérarchie sociale; leur devoir, leur intérêt, leur commandent de travailler un peu plus à de certains moments, pour satisfaire à des commissions pressantes.

De leur côté, les maîtres doivent à leurs ouvriers des prix équitablement rémunérateurs. Qu'ils continuent donc les uns et les autres de supporter avec prudence et résignation, les nombreux inconvénients de nos passagères situations respectives. Ici-bas toutes choses ne sauraient marcher au gré de nos désirs.

> .... *Nihil est ab omni*
> *Parte beatum*........... Hon.
> L'on ne saurait être heureux de tous points.

CHAPITRE IV.

Il n'est pas juste que les communes où sont situées les usines, ni même le Gouvernement, supportent les frais énormes de construction et d'entretien du barrage.

Utatur privatis ut suis..... si sibi plus eo appetet, violabit jus humanæ societatis. Cic., *De Off.*, 20.

Que chacun use de sa chose comme il l'entend ;..... s'il appète au-delà, il commet une violation du droit de la société humaine.

———◎———

Ceux des usiniers qui demandent des avantages, doivent en faire les frais, et non point exiger que ceux-ci soient supportés par les communes qu'ils habitent, ou le Gouvernement.

Il est à remarquer que de Marchat à l'usine Guélon, *l'opposition* des propriétaires d'aiguiseries et autres usines, a été sans aucune exception.

Une partie seulement de ceux sous la ville, semble désirer le barrage, mais sans bourse délier, s'imaginant que l'État et la ville les doteront de la force qui manque à leurs chutes et à leur désir déraisonnable de bénéfices.

Les cours d'eau ont une puissance motrice moyennement déterminée, que les riverains ne sauraient impunément outrepasser. C'est à celui qui veut fonder ou transformer une usine, d'étudier avec soin cette puissance, et d'y soumettre l'importance de son établissement.

L'appât de prix élevés de locations, a fait établir un nombre exagéré de places; quelques-uns d'abord sont entrés dans cette voie, d'autres ont cédé à l'entraînement, parmi ceux-là même qui partagent l'eau.

La prudence commandait à tous, de proportionner leurs roues et leurs machines, à la force motrice habituelle de la rivière, et non point de vouloir contraindre celle-ci, de se soumettre à leurs volontés exagérées.

Ils n'ignorent pas que le frottement, l'enraiement sur un trop grand nombre de poulies, de meules et polissoires, épuisent, énervent la puissance d'une chute.

Dans les usines où travaillaient autrefois dix ouvriers, où avec l'emploi de turbines vingt peuvent être occupés, des dispositions ont été prises pour 40, 50, 60 meules ou polissoires; encore une fois, il ne faut pas rêver l'impossible, et aux frais d'autrui; s'il plaît à quelques-uns d'entreprendre de bâtir des tours dans les airs, nous ne sommes pas tenus de leur fournir et apporter les matériaux (1). Que penseraient-ils eux-mêmes, d'un roulier qui aurait attelé un seul cheval à une lourde charrette, chargée de trois ou quatre mille kilogrammes de marchandises; si à la moindre difficulté de la route, à la première côte, ce roulier se croyait en droit, sous le vain prétexte que le public doit faciliter le roulage, de requérir les usiniers et les autres habitants de la commune, d'avoir *à leurs frais,*

(1) Vie d'Ésope.

à fournir les chevaux de renfort, que son appétit démesuré de bénéfices aurait nécessités ; nos usiniers répondraient à cet homme, qu'il ait lui-même à ses frais, à se procurer les chevaux de traction qui manquent au complément de son attelage.

De même répondent aux usiniers barrageomanes, tous les contribuables des communes, auxquels incomberait la plus grande part des dépenses de construction et d'entretien du barrage. De même répondent les autres usiniers, qui n'ont imposé à la force des chevaux-vapeurs du cours d'eau qu'une charge possible, et qu'on a néanmoins menacés de l'application de la loi de 1807 sur la plus value.

Assurément, il ne nous appartient pas de fixer la quantité de places que chaque rouet doit contenir, ni le nombre de cylindres des papeteries ; c'est à chacun des propriétaires d'organiser son usine et ses affaires comme il l'entend, à condition qu'il ne vienne pas nous contraindre de nous imposer, pour faire rendre à sa propriété plus qu'elle ne peut, plus qu'elle ne doit lui rendre de revenus. De telle usine d'une valeur antérieure de 6 ou 7,000 francs, qu'il n'ait pas la prétention de retirer 12, 1500 francs et au-delà de revenu, en nous faisant payer bien cher de toutes manières, la fourniture et l'entretien de chevaux-vapeurs, dont il n'a pas prévu le besoin.

Infailliblement le moment arriverait, où il faudrait décompter, si tous les usiniers obéissaient à l'appétissante impulsion que nous venons de signaler. Ce futur contingent est facile à comprendre.

90 aiguiseries à 40 émouleurs en moyenne, auraient des places pour 3,600 ouvriers; il est de ceux-ci qui laissent leurs polissoires vacantes, pendant qu'ils émoulent, et à cause de cette circonstance et des places vacantes, nous réduisons le nombre à 3,000. En ce moment, 1,300 émouleurs ou polisseurs, n'ont pas tous de l'ouvrage (200 places sont disponibles), il y aurait donc un excédant de 1,700 places.

Si une trentaine d'usines les mieux situées accaparaient tous les ouvriers, 60 rouets tomberaient en ruine, et il n'en serait pas créé ou transformé de nouveaux.

Cependant il n'y a pas avantage pour la morale, pour la sobriété, pour la fabrique en général, qu'un trop grand nombre de personnes de tous âges et des deux sexes, soient accumulées dans de grands ateliers, et sur un seul tronçon de la vallée. Il y aurait au contraire de graves inconvénients à supprimer par le fait, à annuler les rouets de la montagne, à les supplanter ou supprimer par un agrandissement démesuré de ceux de la ville, lesquels seraient impuissants à satisfaire, dans tous les cas donnés, aux nécessités manufacturières.

L'on comprendra que l'industrie est intéressée, à ce que les usines restent échelonnées sur toute l'étendue de la vallée ; le barrage supprimerait neuf chutes d'eau sur la Semaine (1), à 10 ouvriers chacune, ce serait 90 places perdues.

---

(1) Cinq à Moulin-Planche, une à Préberger, deux à Marchal, une à Moulin-Neuf. Sur lesquelles, trois ne sont pas utilisées en ce moment.

Avec l'emploi de turbines *rationnelles*, 90 usines peuvent occuper chacune 20 ouvriers, soit 1,800. Tous les besoins prévus de la fabrique doivent être satisfaits au-delà de toute mesure.

Tandis que si le barrage était établi, espérant être approvisionné d'eau pendant tout l'été, les usiniers, par économie ou par insouciance, ne remplaceraient point leurs roues à l'ancien système ; ainsi les chômages d'hiver, les seuls nuisibles, de longtemps ne seraient pas conjurés.

Le barrage existerait-il, qu'il ne réaliserait pas en faveur des usiniers les avantages qu'ils en attendent. Supposons en effet, pour un moment, que ce barrage fût construit non pas dans une plaine déjà comblée de vase, mais dans une gorge formée par des rochers dénudés, comme sous Margeride, entre chez MM. Rosserie et Guélon par exemple, où le plus grand poids de l'eau, trouverait dans les saillies des rochers une force de résistance, et où la suppression de plusieurs usines sur ce point, ne serait qu'imparfaitement compensée par la chute en aval des robinets du barrage.

Supposons néanmoins, que tous les usiniers en aval de ce point de la vallée aient déboursé tous les frais de construction, se fussent engagés à solder annuellement les frais d'entretien, qu'ils eussent indemnisé les propriétaires des prés de Durole et ceux du faubourg du Moutier, à cause de la moins value de leurs maisons, quoiqu'encore on ne pourrait estimer les risques humains. Supposons enfin le barrage construit, les droits de tous ayant été sauvegardés ou couverts.

Dans ces conditions-là même, les meilleures qu'on puisse supposer, les usiniers ne pourraient encore s'entendre, car chacun d'eux ne jouissant pas d'un bienfait gratuit, ou du moins qui ne lui eût coûté que quelques visites, trouverait convenable de profiter de toute la plénitude des avantages, dont il aurait à supporter les charges.

Les usiniers ne pourraient être d'accord sur les quantités des évacuations réglementaires, ce qu'ils feraient probablement, s'il ne leur en coûtait rien ou presque rien pour obtenir une amélioration, quelque minime qu'elle fût.

En été, si le barrage était placé à Marchat, et là, si les robinets laissaient échapper de l'eau pour deux roues, il n'en arriverait à Thiers que pour une roue, à cause de l'évaporation produite par la chaleur de l'atmosphère, et celle des rives.

Il n'existe aucune corrélation entre les chutes qui se succèdent dans la vallée, entre les écluses, les roues, l'importance des usines, leurs destinations respectives. Toutes choses égales d'ailleurs, une basse chute exigerait un débit plus considérable qu'une plus élevée ; puisque, nous l'avons dit, la somme du travail absolu d'une chute est le produit de sa hauteur, multiplié par le débit du cours d'eau, selon qu'une usine se trouverait placée en amont ou en aval d'autres disproportionnées avec elle, sous un des rapports préindiqués, ses propres conditions seraient plus ou moins désagréablement contrariées.

Les besoins de telle usine seraient satisfaits par un dé-

bit de 500 ou 400 litres, d'autres exigeraient, nous le répétons, un débit de 1,000 litres et davantage ; celles qui
partagent l'eau en exigeraient le double, que les usines
qui l'ont toute entière ; ces copartageants ne sont point
conséquents de venir se plaindre de l'insuffisance du
cours d'eau, puisque au moment de leur partage, loin
de considérer le volume habituel de l'eau comme indivisible, ils l'ont considéré comme *doublement suffisant*;
ceux qui se trouvent dans ces conditions de partage, ont
à subir une situation identique à celle d'un propriétaire
qui n'a acquis que la moitié d'une chose, *avec moitié
moins de fonds*, et qui assurément, ne saurait être admis à venir se plaindre à la Société, et à réclamer d'elle,
afin d'aboutir privativement à un résultat *intégral*, le
paiement de la moitié par lui non acquise. Ainsi les
uns demanderaient l'économie, d'autres la prodigalité
du débit des robinets du barrage.

Les uns voudraient travailler le jour, d'autres la
nuit, il deviendrait impossible qu'ils pussent s'entendre.

Nous résumant sur ce point, nous pensons que les
usiniers qui n'ont pas la force qu'ils ambitionnent,
l'obtiendront à peu près aux mêmes conditions que les
autres localités, le chemin de fer devant bientôt faciliter le transport des houilles, aliment exigé des moteurs
à la vapeur ; ceux qui auraient à exécuter des commissions fabuleuses, comme celles dont on a parlé, et qui,
faute d'eau, auraient été refusées, obtiendraient un
immense avantage sur leurs confrères, s'ils établis-
saient des moteurs mixtes, ainsi que cela existe ailleurs,

les commissions leur seraient exclusivement assurées, et ils réaliseraient des prix de location suffisamment rémunérateurs.

De plus, ils auraient la satisfaction d'être justes, de ne pas faire dépenser les deniers publics à leur profit personnel.

CHAPITRE V.

Baisse présumée des prix de l'émoulure, dangers du barrage.

Des événements que les hommes considèrent
comme avantageux, le plus souvent ils éprouvent
des désillusions et des déboires.

———◇———

Il est probable que loin de produire la baisse des
prix de l'émoulure, le barrage les ferait hausser.

Si de nouvelles craintes, si de nouveaux désagréments, venaient s'ajouter à ceux qui existent déjà pour
les émouleurs, si ceux-ci gagnaient moins, leur profession serait insensiblement désertée.

Le petit nombre qui consentirait à en continuer
l'exercice, ferait payer les façons plus chèrement ; cela
arrive dans les autres industries, toutes les fois qu'il y
a pénurie d'ouvriers.

Ici se présente une question délicate. L'extrême gra-
vité de la situation, le cas de légitime défense, nous
imposent le devoir d'entrer dans quelques détails. Nous
nous exprimerons avec toute la prudence possible, mais
nous devons dissiper les préventions peu bienveillantes,
contre lesquelles nous invitons les étrangers à se tenir
en garde ; il n'est pas généreux qu'en l'absence de con-
tradicteurs connaissant les faits, on use de moyens peu

3

convenables, pour aboutir à un but que la fin ne saurait moralement justifier.

Le philosophe trouve le bonheur dans la recherche et la pratique de la sagesse et de la vérité, le savant dans les découvertes, le conquérant dans les victoires, dont son cœur et sa raison regrettent quelquefois le prix.

Pour les ouvriers, le bonheur c'est l'habitude, c'est une existence paisible et régulière ; ils sont heureux par cela même qu'ils s'imaginent l'être, ils sont en quelque sorte instinctivement illusionnés, ils n'ont pas le temps de songer, que sur cette terre de transition, le lendemain n'est pour tous qu'une frivole hallucination ; pour eux, ce lendemain est le reflet du rêve inerte et inexploré de la veille ; ils ne réfléchissent à autre chose qu'à la satisfaction personnelle des besoins matériels de leur famille, qui absorbe leur être.

C'est pourquoi, nous voudrions pouvoir nous dispenser de rappeler ces ouvriers à la réalité de leur pénible existence, et dire dans leurs intérêts la vérité, sans qu'ils nous entendent ; nous la tairions néanmoins, si nous n'espérions que la satisfaction d'avoir obtenu bonne justice devant les hommes, ce qui n'arrive pas toujours, rendra ces ouvriers oublieux des moyens que nous aurons employés pour le salut de tous.

Il faut donc que nous dissipions les préventions qui ont devancé depuis longtemps, l'exposé exact des faits, et préfixé l'opinion des juges de la question, pour la plupart étrangers.

De toutes les professions ou rangs d'ouvriers, qui concourent à la confection des articles de notre industrie,

celle de l'émouleur est sans contredit la plus désagréa-
ble, la plus pénible, la plus dangereuse.

Un assez grand nombre d'entr'eux, quittent chaque
matin leurs villages, pour se rendre aux usines, par
d'étroits et sinueux sentiers, semblables à ceux que,
dans les rochers alpestres, fréquentent les chasseurs
de chamois.

Le soir, souvent la nuit, même pendant l'hiver, ces
ouvriers regagnent le foyer domestique, brisés de l'at-
titude anormale à laquelle ils ont été cloués durant tout
le jour.

Souvent avec une peine infinie, ils descendent à travers les rochers de grosses meules, et les remontent
lorsqu'elles sont hors d'usage ; ce genre d'exercice ne
rappelle-t-il pas le terrible châtiment, que les poètes
profanes font subir aux enfers à l'infortuné Sysiphe?
Un chemin de 2 ou 5 mètres, avec des gares d'évitement, afin que les voitures pussent se croiser, obvierait
à cet inconvénient.

L'émouleur étant constamment couché sur le ventre,
a la tête penchée au-dessous de la ligne horizontale, ses
muscles sont contractés ; les bras tendus en avant supportent toute la partie antérieure du corps, dont le poids
comprime sur la meule l'objet à émoudre.

Dans cette position, le thorax est comprimé, et re-
jeté en arrière, de manière à devenir concave, le sang
circule imparfaitement.

Les mains trempent constamment dans l'eau à basse
température, qui sert à irriguer les meules. Aussi plusieurs émouleurs dressent-ils de petits chiens à venir se

coucner sur leurs mollets, afin d'entretenir la chaleur dans les parties inférieures du corps. Cette posture n'est point celle qui convient à des *créatures humaines*.

Os homini sublime dedit,. . . . .
. . . . . *Et erectos ad sidera tollere vultus.* (OVID.)

Le besoin de gagner leur vie, fait quelquefois transgresser par les humains les desseins de la Providence.

Si l'on rencontre ces ouvriers, à leurs formes *anormalisées*, on reconnaît le métier qu'ils exercent.

La nature des lieux et de leur rang d'ouvrage condamne les émouleurs à habiter une gorge profonde, froide et humide, dont les parois granitiques presque verticales, semblent avoir été séparées par un violent déchirement, et dont, d'après les présomptions graves de la science, les anfractuosités ont été produites par l'effet du refroidissement et de la dessiccation de l'enveloppe terrestre, pendant la période où le globe passa de l'état pâteux à l'état solide (1).

C'est au fond de cette ténébreuse crevasse que coule, pour les émouleurs, une vie laborieuse et sans cesse tourmentée. Comme le marin et le soldat, l'émouleur brave froidement les fatigues et les périls de chaque instant, ce n'est pas sans raison que l'on dit ici : L'existence de l'émouleur est exposée comme s'il était

_____

(1) D'après nos souvenirs, *Leçons sur la théorie du Globe*, que nous donnait Cuvier dans son cours au Collége de France, et l'opinion de M. Louis Figuier, dans son ouvrage intitulé : *La Terre avant le Déluge.* — HACHETTE, éditeur.

à la guerre; aussi chaque matin, avant de s'allonger sur la planche, fait-il le signe de la croix.

Lorsque les meules éclatent, elles enlèvent les ouvriers, les déchirent, et en dispersent les lambeaux jusqu'à l'étage supérieur, dont le plancher est brisé comme par un coup de foudre. Ces malheurs se sont trop fréquemment produits; dans ces derniers temps, nous avons eu à en déplorer plusieurs.

Le lendemain un autre émouleur vient avec sang-froid, se coucher à la place de celui qui a été tué; l'héroïque stoïcisme de l'invincible besoin pour lui, pour sa famille, peut seul expliquer ce mépris journalier de la mort.

Les mères, les épouses, les enfants de cette sentinelle d'avant-garde de notre industrie, vivent dans de perpétuelles appréhensions; ils voient le chef de la famille partir de leur habitation, et ont le triste pressentiment qu'il n'y reviendra pas vivant.

Après des accidents, nous avons plusieurs fois assisté à des recommandations, qui révélaient de poignantes tourmentes du cœur, et peuvent se résumer ainsi.

Ah! que j'ai crainte qu'il t'arrive malheur! Fais attention! Examine avec soin s'il ne se déclare pas quelque fissure à ta meule! que je n'aie pas la suprême douleur de te voir rapporter ici comme l'infortuné X!

L'état de putréfaction des eaux stagnantes, aurait pour les émouleurs d'autres inconvénients que pour les autres riverains.

Peu importe au meunier par exemple, la qualité de l'eau de son coursier, pourvu qu'elle fasse mouvoir la roue de son moulin.

Mais l'émouleur, sous le nez duquel jaillirait durant tout le jour de l'eau décomposée, qui en aurait les mains continuellement imbibées, ne saurait être indifférent à sa pureté aussi absolue que possible.

Il serait trop long de rappeler ici toutes les misères de cette profession.

En résumé, les émouleurs et leurs familles, sont soumis aux plus rudes épreuves physiques et morales; ils n'ont rien à envier aux ouvriers employés à l'exploitation des mines souterraines.

Convenons que tous les genres de souffrances, n'ont pas été décrits dans la CASE DE L'ONCLE TOM (1).

Et ce sont ces ouvriers, sur le travail, sur l'existence desquels, on demande à Sa Majesté de faire peser un rabais, égal à la balance différentielle de la concurrence étrangère.

Ce sont ces ouvriers, desquels on a pu dire, qu'ils ne travaillaient pas assez assidûment, lorsqu'ils prodiguent la santé et jusqu'aux formes humaines. Cette conduite envers ces hommes, qu'on ne doit pas considérer tout à fait comme des chiffres, est un peu habile, mais elle n'est point équitable, elle n'est point chrétienne.

On reproche aux émouleurs d'affectionner le bon vin, lorsque l'instinct les y oblige, lorsque tous les

(1) Mrs Harriet Beeker Stowe.

hygiénistes recommandent aux habitants des localités humides, l'usage habituel des boissons fermentées, surtout lorsque leur nourriture est peu analeptique.

Sous ce rapport, ne les blâmons donc point, pourvu qu'ils ne dépassent pas la quotité qui doit leur procurer les forces dont les excès les priveraient.

Le nombre de ceux qui se livrent immodérément à la boisson est proportionnellement minime. Dans les autres professions, et les positions sociales où les individus ne sont pas réunis en grand nombre sur un même point, où ils sont moins peinés ou même sont oisifs, il se rencontre autant de buveurs excessifs que parmi les émouleurs, auxquels il faut l'avouer, on s'est plu à faire une mauvaise renommée, sur laquelle on a par trop insisté, pour le besoin d'une cause encore plus mauvaise.

Convenons qu'il est des hommes qui valent beaucoup plus que leur réputation, de même aussi qu'il en est qui valent beaucoup moins.

Convenons que, dans certaines petites villes, il suffit d'un petit laboratoire privé, où quelques personnes se concertent, manipulent les réputations et distillent le fiel, espèce de bourse cancanière où l'on classe les valeurs humaines des deux sexes; autour de ce centre viennent au dehors graviter des astres et météores secondaires ou inférieurs; malheur, même aux plus vertueux, qui ne secondent pas l'impulsion convenue, ou qui refusent de s'incliner devant le giron du patronage central; on les cote au plus bas, on les démonétise sans merci; tôt ou tard ils sont condamnés à boire la ciguë,

ou à subir le sort du lion devenu vieux de la Fable,
tandis que les chefs de la cabale sont exaltés comme des
demi-dieux. Là se manifeste l'abus de l'esprit de corps.

Aussitôt que dans ces petites villes, il arrive quelque
puissant étranger, il est des individus qui vont se jeter
à sa rencontre, pour accaparer sa confiance et la faire
tourner au profit de leur personnalité et de leurs idées.
Ils considèrent ces relations comme utiles sinon au
décapage de leurs blasons, à la vanité de leur position,
du moins à l'*ornementation de l'enseigne de leurs
boutiques*, et en imposent au vulgaire, qui craint d'a-
voir besoin de leur intercession auprès des grands.
Ces étrangers de bonne foi, influencés par les idées qui
se développent dans l'atmosphère des relations où ils
vivent, ne connaissent pas toujours bien l'esprit ni les
mœurs des populations, au milieu desquelles ils ont ré-
sidé, et en emportent souvent au départ la plus triste,
la plus mensongère opinion.

Ne serait-il pas possible que, dans le cas qui nous
occupe, l'épithète de buveurs adressée aux émouleurs,
soit partie d'un centre quelconque, et ait trouvé de
l'écho auprès d'adeptes, qui ont répété en chœur : Les
émouleurs sont des buveurs... C'est incontestable, ils
désireraient travailler peu et gagner beaucoup. Et voilà
comme on induit en erreur les étrangers, comme on
écrit l'histoire sur les hommes et sur les choses !

Nous ne voulons pas croire qu'en cette circonstance il en ait été ainsi à Thiers; nous n'avons
donc signalé les inconvénients qui précèdent, que
comme le résultat de nos études de mœurs dans cer-

taines petites localités. Quoi qu'il en soit, il y a dans les insinuations accusatrices qu'on émet contre ces ouvriers, de l'ingratitude et un mépris fâcheux de l'humanité; on oublie que, devant l'impartiale Providence, les rangs s'effacent, et qu'*un homme vaut son semblable*.

Après avoir répondu à un des moins sages arguments dont nous devions détruire la fâcheuse influence, qu'il nous soit permis de revenir à la partie matérielle de la question.

Examinons si le fait de l'établissement du barrage produirait la baisse des prix.

Les partisans de cette entreprise ont estimé eux-mêmes, qu'après avoir acquitté les frais de loyer, d'outillage, etc., etc., l'émouleur gagne en moyenne trois francs par jour.

La quotité de la baisse qu'on pourrait espérer serait probablement de *cinquante centimes* par grosse (12 douzaines) sur la majorité des lames (ou 75 c., en portant le prix de la grosse à 50 fr., ce qui conduit au même résultat).

En fixant à 33 fr. 33 c. le prix des articles, ce rabais produirait une baisse pour trois grosses, soit pour 100 fr. de 1 1/2 o/o — soit 4 centimes par douzaine.

La concurrence illimitée baisserait bientôt de 5 centimes au moins par douzaine; la fabrique n'aurait gagné autre chose, si ce n'est le mécontentement et la répulsion des émouleurs, dont nous avons parlé.

Outre tous les désagréments signalés, les émouleurs craignent la rupture du barrage.

Si ce malheur tôt ou tard arrivait, disent-ils, le

bruit de la marche de la masse d'eau, serait couvert par celui du roulement et du frottement qui se produisent dans nos rouets, nous pourrions être emportés, sans avoir eu le temps de fuir ni même de nous reconnaître.

Quelque chimériques que paraissent ces craintes à ceux qui seraient hors de tout danger, il n'est donné à personne de calmer absolument des imaginations effrayées par des narrations de nombreux exemples.

Il n'est rien que les hommes oublient si peu, que les malheurs identiques à ceux auxquels ils peuvent eux-mêmes être exposés. Nous citerons des exemples dans un chapitre subséquent.

Quoi qu'il en soit, il est bien d'éviter avec prudence de créer de nouveaux ennuis aux émouleurs.

Il ne faut pas oublier que, lorsqu'il s'agit de faire choix d'un métier pour son enfant, une mère balance les avantages et les inconvénients des professions, qui sont accessibles à la capacité de cet enfant; dorénavant elle ne préférerait plus celle d'émouleur.

Ainsi de tous points, l'on va contre le but qu'on se propose d'atteindre; aussi les autres ouvriers de la fabrique, intéressés à éviter pour eux-mêmes les éventualités des chômages, ont compris qu'on allait en créer une cause permanente. Tous ceux d'entre eux sans exception, qui ont pu avoir à leur disposition un des vingt exemplaires de la protestation contre le barrage, en ont adopté les conclusions.

Un grand nombre de fabricants et de personnes de la ville ont aussi protesté; il n'est facile de dire le contraire que dans des contrées éloignées, où les qualités et professions des signataires sont inconnues; c'est avec intention que nous insistons sur ce point.

Depuis un demi-siècle, les prix de l'émoulure sont à peu près les mêmes pour les mêmes articles; cependant l'on ne saurait nier que les meules sont moins sûres et durables qu'autrefois, que les prix des autres rangs de la fabrique se sont élevés en raison de l'abondance du numéraire, du développement du bien-être général, des dépenses entraînantes de proche en proche de toutes les classes de la société.

C'est donc bien mal à propos, qu'afin d'enlever en quelque sorte d'assaut une autorisation et des fonds pour l'exécution du barrage, et pour la satisfaction de quelques intérêts particuliers de 'diverses natures, on a proclamé que la *baisse des prix de l'émoulure* serait la conséquence forcée de cette mesure.

PAPETERIES ET INDUSTRIES DIVERSES.

Outre les aiguiseries, il existe d'autres usines sur la Durole, les martinets ont à peu près disparu.

Les propriétaires des meuneries les plus considérables, et presque tous les autres meuniers de la vallée ont protesté contre le barrage projeté; nous avons lieu de croire que bientôt des moulins seront transformés en rouets.

Quant aux papeteries, plusieurs ont déjà subi leur transformation après la perte de l'entreprise du timbre, cette autre récente faute que les avertissements, que les conseils les plus sages ont été impuissants à conjurer, lorsque la question même d'humanité a été en vain soulevée. Avant de commettre en si peu de temps une nouvelle faute capitale, il faut mieux réfléchir, il faut que les passions ne viennent plus se mettre de la partie ; autrement les dissensions intestines pourraient perdre la coutellerie comme elles ont fait de la papeterie.

Ne serait-il pas possible, que des eaux stagnées ne fussent pas aussi favorables à la mastication des chiffons, à la cohésion des molécules et au collage des papiers.

Quoi qu'il en soit, quelques-uns de nos fabricants de papiers n'ont pas désespéré de pouvoir nous conserver cette industrie, et sont restés vaillamment sur la brèche; nous devons leur rendre cette justice, qu'ils font des efforts louables qui, nous devons l'espérer, seront couronnés de succès.

Le règlement d'Annonay où sont les importantes manufactures de papeterie de M. Joannet et de ces fils du génie, des Montgolfier, est ou sera probablement fixé à 500 litres au plus de débit par seconde.

Il paraîtrait que certaines papeteries de Thiers exigent une force motrice de beaucoup supérieure à ce chiffre, puisque pour suppléer à l'insuffisance de l'eau, même en ce moment où elle abonde, on a déjà monté une machine à vapeur dans une de nos papeteries. On n'a pas voulu attendre pendant plusieurs années, la confection et la dessiccation des maçonneries du problématique barrage, et tarder ainsi de mettre à profit les sommes déjà dépensées.

Cet exemple devra être imité par d'autres usiniers, si réellement ils ont la conviction que cela leur est nécessaire, sans que *l'État* et *la ville* contribuent à une subvention pour une somme impossible, au profit d'industries d'un caractère tout à fait privé.

Dans un des chapitres suivants, nous aurons à examiner les abus que Saint-Etienne et Annonay ont su éviter. — Nous démontrerons que ces deux grands centres manufacturiers ont compris et mis en pratique ce principe : que les dépenses d'une entreprise, doivent être supportées par ceux qui doivent en retirer le bénéfice direct, d'après cet axiôme : *cui prodest.*

CHAPITRE VI.

Innocuité des inondations de la Durole.

———⊙———

Les étrangers à la localité apprécieront à leur juste valeur, tout ce qui a été dit et écrit, concernant les grands dangers des inondations pour Thiers et pour la prairie des Duroles. Ils apprendront avec surprise qu'il n'y a pas une plus urgente utilité à défendre la ville de Thiers contre les inondations de notre rivière, qu'il n'y en aurait à peu près, à défendre la butte Montmartre des crues de la Seine, ou la chapelle de Fourvières contre les débordements de la Saône ou du Rhône.

Sur presque toutes les rives des cours d'eau de l'Empire, il est arrivé des accidents; des usines, des habitations ont été emportées, des personnes ont été victimes de crues subites ou obstinées.

La Durole plus bénigne, heureusement encaissée, et alimentée par les eaux d'un bassin dont les terrains sont absorbants, n'a jamais fait éprouver que de rares et proportionnellement minimes dégradations, à des écluses ou à des masures sans solidité.

L'on a dépeint cette rivière comme un torrent, dans le lit duquel les eaux pluviales vont se précipiter impétueusement comme sur une glace inclinée, et sans rencontrer des causes d'arrêt; cependant si l'insignifiante surface des rives granitiques est dénudée, tout le reste du bassin est composé de terres cultivées, de prairies, de forêts, terrains qui de leur nature, absorbent et retiennent une grande partie des eaux pluviales.

C'est précisément à ces circonstances géologiques, que les sources de la montagne doivent d'être abondantes et intarissables, et d'entretenir notre Durole à un minimum de débit, plus élevé et moins irrégulier que beaucoup d'autres cours d'eau.

Cependant, pour venir en aide à des citations de faits, ou à des prophéties de malheur, mal à propos l'on a dit, qu'il existe à la sous-préfecture des documents *nombreux*, constatant qu'en 1817, 1819, 1833, 1846, 1849 et 1856 les usines ont éprouvé de grandes pertes et couru des dangers. Nous avons inutilement recherché tous ces moyens de conviction, dont *un seul* existe réellement, et d'après lequel il ressort ce qui suit:

En 1833, une somme de 2,600 francs seulement fut distribuée à 4 et à 6 pour cent des pertes évaluées à 55,000 francs, et non point à 46,191 francs 29 cent., chiffre, à notre avis, très-désarrondi et qui en outre, devient prolifique, puisqu'on le prend pour base de calculs prismatiques subséquents, dont l'agencement laisserait supposer que toutes les autres usines, ayant eu proportionnellement à souffrir de cette inondation, les dommages se seraient élevés à des sommes considérables, tandis qu'il n'en a pas été ainsi.

Il est probable que l'estimation des préjudices à la

somme de 53,000 francs a été un peu élevée ; s'il en était autrement, celle des secours accordés par le Gouvernement, après la réception d'une note estimative, eût été ridicule. — A tort on a écrit, que le Gouvernement aurait envoyé des secours *préalablement* à toute évaluation. — Ce n'est point ainsi que l'Administration procède.

Nous étions présent à la distribution des fonds de secours ; il fut recommandé par les commissaires aux usiniers, d'avoir à reconstruire leurs écluses dans de meilleures conditions. Plusieurs des indemnisés étaient fort à l'aise ; l'on a encore erré en disant le contraire.

Antérieurement, un plus grand nombre d'écluses étaient construites au moyen de pièces de sapins horizontalement superposées, et retenues par des rochers isolés ou d'insuffisants piquets.

Lorsque se produisaient de grandes crues, les épaves arrachées des écluses supérieures, allaient battre en brèche celles en aval, et facilement les démolissaient.

Depuis cette époque les écluses, plus solidement reconstruites, n'ont point occasionné des pertes ; en 1847 et 1856 qu'on a cités, il n'en a été signalé que d'insignifiantes. De minimes risques ne justifieraient pas, dans tous les cas, une si colossale entreprise.

Il serait désormais inutile et ridicule, de répéter encore que la ville de Thiers a besoin d'être défendue contre les inondations. Il nous reste à démontrer que la plaine ne les redoute pas davantage.

Ceux qui connaissent la situation géohydrographique de notre pays, ne croiront assurément pas aux motifs qui ont été exposés, dans le but d'obtenir des fonds du chapitre du budget, intitulé : Défenses contre les inondations, lorsque ces fonds peuvent être utilement employés sur tant d'autres rives, où on les réclame avec instance.

La plaine de la Durole est composée de prairies, que d'intermittentes submersions fertilisent; plusieurs propriétaires de ces prairies ont aussi protesté contre l'établissement du barrage, et ont fait la réserve de leurs droits, fondés sur des titres (1).

Ils représentent avec raison, que si l'on parvenait à régulariser le cours de la rivière, de manière à ne laisser échapper que la somme des eaux rigoureusement indispensable aux usines, eaux qu'on aurait intérêt à ménager, la plupart de leurs prairies ne seraient irriguées que très-accidentellement; qu'en temps ordinaire, elles ne profiteraient point des excédants des biez et écluses; qu'en employant la vapeur, les usines peuvent obtenir toutes les satisfactions désirables, et qu'eux ne peuvent pas faire fructifier leurs prés et aussi leurs autres récoltes au moyen de la vapeur.

Ils ajoutent qu'une partie des frais de l'entreprise et son entretien étant sollicités de la commune de Thiers, pèseraient nécessairement sur les quatre contributions; qu'ils seraient eux de nouveau proportionnellement frappés par une taxe extraordinaire d'abord, puis encore par celle permanente, sur les contributions foncière, personnelle, mobilière et portes et fenêtres.

Qu'ainsi ils participeraient aux énormes dépenses

(1) Voir leur protestation à la suite de la pétition générale, aux Pièces justificatives.

d'un établissement fait à l'encontre de leurs légitimes
intérêts, et que, pour donner satisfaction à quelques
particuliers, il ne convient pas de ruiner les propriétaires ruraux, et de sacrifier l'agriculture de la plaine
et de la montagne.

Quant aux dangers qui menacent actuellement le
Moutier, qu'il nous soit permis de dire, qu'ils sont au
moins imaginés.

De mémoire d'hommes, les inondations n'ont pas
ébréché un centimètre de maçonnerie dans ce faubourg;
si des eaux s'y répandent quelquefois, elles y viennent
du ruisseau des Belleins et des prés du Breuil, plutôt
que de la rivière. Il serait impossible qu'on citât un fait
de dommages sur ce point.

Presque tous les habitants du Moutier ont protesté
contre le projet ; ils en sont terrifiés, tant à cause de
leurs personnes que de leurs propriétés ; ils compren-
nent que, du jour où la mesure serait décrétée, leurs
maisons éprouveraient une immense dépréciation de
valeur vénale.

Ainsi les propriétaires de la ville, de la plaine des
Duroles, du Moutier, qui sont les meilleurs juges de
leurs intérêts, déclarent qu'ils seraient lésés par le projet, et que la simple menace de son exécution, dès ce
jour, leur est devenue préjudiciable.

Il nous reste à examiner le formidable moyen de l'intérêt général qu'on a invoqué.

On a poussé l'exagération jusqu'à prétendre gravement que la quantité d'eau, retenue dans un tout petit vallon, serait un grand obstacle aux débordements,

non-seulement de la Durole, mais encore de la Dore,
de l'Allier, de la Loire même ; l'on a seulement oublié
de nous effrayer des crues de l'Océan. — Ces alléga-
tions ne sauraient donc avoir de l'influence que sur
quelques niais.

Nous avons dit que la superficie totale de notre bassin est de . . . . 17,403 hect.

C'est bien peu relativement à l'immense étendue des
bassins précités.

Mais encore, sur cette quantité, le barrage ne réser-
verait d'autres eaux, lorsqu'encore une crue le surpren-
drait vide, que celles qui seraient tombées sur une petite parcelle de. . . . . 3,544 hect.

Il resterait encore en dehors des mesures de précaution . . . . , ... 13,859 hect.

Si réellement le projet avait pour but de préserver
utilement des inondations tout le centre de l'Empire,
devrait-on négliger la retenue des 4/5 des eaux du bassin, lorsqu'il serait facile d'emmagasiner tous les affluents réunis, en barrant la Durole elle-même.

Cependant l'application de ce dernier système évite-
rait pour les usines, la déperdition nocturne des eaux
du lit principal et aussi de tous ses affluents, utilisée
aujourd'hui.

Les motifs invoqués ne sont donc, en quelque sorte,
que des moyens d'audience.

Mais pourrait-on nous dire : les Égyptiens n'avaient-
ils pas construit le lac Mœris, afin de régulariser les
inondations du Nil ?

Nous répondrons que ce qui pouvait convenir à ces peuples, n'est pas à imiter par tout le monde : nous avons dédaigné leurs mœurs, leurs religions ; nous n'avons pas cru devoir adopter pour nos dieux, le bœuf Apis, les ognons et les crocodiles. Au surplus, afin d'atteindre le but qu'ils s'étaient proposé, les Égyptiens n'avaient point établi le barrage du lac Mœris au royaume de Goyam en Abyssinie, près des sources même de l'Égyptus, ou dans un petit coin de terre entre l'Équateur et le Tropique, ou encore sur un des nombreux torrents périodiques de l'Ethiopie ; le lac Mœris était dans la province d'Arsinoë, loin des sources et de beaucoup en aval aux contrées, où se manifestent des pluies diluviennes. Il n'y a donc pas lieu de comparer les deux situations.

Quel que soit l'éloge qu'ait fait Hérodote de cette merveille, quelle qu'ait été même l'admiration, peut-être même la vénération pour les deux colossales statues qui dominaient ce réservoir, probablement celles des inventeurs, depuis longtemps il a été mis à sec, comme inutile, nuisible ou d'un trop coûteux entretien. Tous les quatre ans, pendant deux mois, cent mille hommes étaient occupés à son curage.

Il est néanmoins probable que, malgré leur fataliste nonchalance, les musulmans eussent maintenu ce lac, s'il leur eût garanti de grands avantages.

Au reste, il est douteux aujourd'hui que le lac Mœris ait été construit primitivement de main d'hommes ; des savants français qui sous la République, avaient suivi notre armée d'Egypte, prétendent qu'il était l'œuvre de la nature, que les hommes avaient cru devoir utiliser.

Cet argument ne saurait, dans l'espèce qui nous occupe, trouver ici son application.

Bene fuit, sed non est hic locus.

Cela était bien en Egypte, mais ne convient pas à Thiers.

Ici nul n'est besoin d'une miniature du lac Mœris, ni de deux statues d'ornementation. Les inondations naturelles nous sont avantageuses. On les réglementait en Egypte dans un but d'utilité ; ici leur réglementation serait nuisible à l'agriculture, il n'y a donc nulle analogie dans les deux situations.

CHAPITRE VII.

Possibilité d'une rupture.

Qui quærit periculum, in periculo peribit.
Celui qui cherche le danger, périra par le danger.

————❧————

Nul plus que nous n'a confiance au savoir, à la prudence consommés de M. l'ingénieur chargé du projet, qui probablement le serait aussi de la surveillance des travaux ; néanmoins quelque exacts que puissent être ses calculs, quant à la force de résistance des matériaux ou aux précautions à prendre, on ne saurait contester que, si la rupture du barrage n'est pas probable, elle est au moins possible.

Les œuvres de Dieu, malgré leurs transformations, sont seules impérissables, celles des hommes sont essentiellement fragiles. La Providence semble vouloir périodiquement nous rappeler à l'inanité de nos entreprises.

Chaque année des catastrophes viennent nous donner de terribles enseignements.

Nous assistons à la destruction par les eaux, de travaux que les plus savants, les plus expérimentés parmi les ingénieurs, avaient exécutés d'après les règles les

plus strictes de l'art, et dans la ferme conviction qu'ils
pourraient résister à toutes les éventualités, que peut
prévoir l'esprit humain.

Ne pourrait-il pas advenir que tôt ou tard, ainsi qu'à
un des murs du réservoir Saint-Martin à Bordeaux (1),
il se produise à notre barrage d'imperceptibles fissures
qui en déterminent la rupture ; alors les eaux, resserrées dans une gorge étroite, balayeraient habitations,
usines, usiniers et ouvriers : la fabrication suspendue,
pendant plusieurs années, ne saurait être facilement
reconstituée, lorsque les ouvriers de tous rangs auraient
été dispersés.

La rupture du bassin de Bordeaux, qui a occasionné
de grandes pertes et fait de trop nombreuses victimes,
n'est pas le seul exemple qui se soit produit dans ces
derniers temps. Le 15 décembre 1856 (2), à Cornimont,
près Épinal (Vosges), a eu lieu la rupture d'un barrage
industriel privé, qui ne retenait cependant que 80,000
mètres cubes d'eau ; deux ponts furent emportés, deux
autres endommagés, la maison d'école faillit être ren-
versée, etc., etc.

Lorsque les malheurs sont arrivés, on les déplore :
on fait des enquêtes, des rapports, qui peuvent servir
d'enseignement pour l'avenir, mais qui ne rappellent
pas les victimes à la vie, qui ne relèvent pas les propriétaires de leur ruine.

---

(1) Lettre d'un ingénieur de Bordeaux.
(2) Extrait d'un rapport officiel de l'ingénieur, et d'une lettre d'un autre
ingénieur.

La ville de Bordeaux a été condamnée envers les familles ; elle a eu son recours contre l'ingénieur qui a éprouvé toutes sortes de déboires ; mais les malheurs n'ont pu être complétement réparés.

A Cornimont, les uns ont pensé que la cause de la rupture devait être attribuée à l'étroitesse des déversoirs inférieurs, que le déversoir supérieur avait été obstrué par des pièces de bois descendues d'une forêt voisine, lesquelles encore avaient dérangé les libages du revêtement ; d'autres attribuent l'accident à la pénétration des matériaux non suffisamment secs.

Qui pourrait garantir que, sinon les mêmes causes, d'autres, que la prévoyance la plus perspicace ne saurait concevoir, ne viendraient pas ruiner la vallée, et jeter un deuil immense dans nos familles.

La levée de la Loire avait été construite par les premiers ingénieurs du temps ; durant un grand nombre d'années elle avait résisté, et en 1856 elle fut emportée sur une longue étendue ; un nombre considérable d'habitations avaient été établies sous la foi de l'abri de cette digue si renommée, que tous croyaient devoir être une garantie indiscutable.

Combien ont été victimes de leur téméraire confiance ; la rupture de cette digue eut les proportions d'une calamité publique. Le pont de Saint-Germain construit par des ingénieurs habiles, ne fut-il pas emporté à la même époque ?

L'année dernière, une des plus formidables digues de la Hollande a été brisée, les habitants des terres submergées ont fui au loin ; il est vrai que cet obsta-

cle avait à résister à la mer, mais il avait été solidifié de
toute la somme de résistance nécessaire, il avait longtemps lutté contre les flots.

Tous les ponts, toutes les digues chaque jour emportés, devraient nous avertir *qu'à moins de nécessité
absolue*, et dans le but d'éviter de plus graves inconvénients, il ne convient pas d'emprisonner les eaux.

S'il y a nécessité, si les avantages couvrent les inconvénients et les frais de construction, celle-ci alors
a une raison d'être; autrement il serait insensé de
l'entreprendre.

La seule peur fondée ou non d'une rupture totale
ou partielle, créerait ici le mal de la peur.

Aux époques de la fonte des neiges, ou à la suite
d'un de ces trépignements, d'une de ces colères du
fluide électrique, qui viennent porter le trouble dans
l'esprit des hommes, lorsque surtout pendant les nuits
sombres, gronderaient les glaces ou les eaux bondis-
santes de cascade en cascade, une terreur soudaine
se répandrait dans la vallée, de tous côtés l'on enten-
drait ces lugubres cris : au secours! sauvons-nous! le
barrage est rompu! etc., etc. Chaque crue un peu
considérable renouvellerait ces alertes, ces dangereuses paniques.

Il n'y a donc point lieu, sous aucuns rapports, de
s'arrêter aux chiffres et aux moyens produits de bonne
foi nous le reconnaissons, pour atteindre un but qu'à
tort on a cru utile.

Il est à espérer qu'on se désistera, aussitôt qu'on
connaîtra mieux les mauvais côtés de la question.

Il est parmi les barragistes des hommes honorables et intelligents qui voudront être justes, qui n'emploieront plus ni leur influence, ni leurs amis, et trouveront plus avantageux pour leur personne de mériter cet éloge :

Ubi ad rem publicam accessit..... non potentium amicorum præsidio niti voluit, sed consiliis factisque utilibus et justis. Corn. Nep. *in Aristidem.*

« Dès que le juste Aristide eut obtenu les honneurs de la république..... il ne voulut point consentir à se mettre sous le patronage de puissants amis, mais s'élever dans l'esprit de ses concitoyens, par des conseils et des actes utiles et équitables. »

CHAPITRE VIII.

Indemnités : 1°. pour terrains occupés ; 2°. pour dépréciation des terres privées d'engrais ; 3°. pour inutilité des maisonnages.

> *Sumus ad justitiam nati, neque opinione sed naturâ constitutum est jus.* Cic., *de Leg.*, 1.
>
> D'instinct nous devons aspirer à la justice ; nous tenons nos droits de la nature et non de nos idées.

———————◊———————

En droit et en équité, il est incontestable que nul ne peut nuire à autrui, sans être obligé de réparer par une juste indemnité, *tous* les préjudices causés directement ou indirectement.

L'autorisation administrative n'est, et ne peut être accordée tacitement ou expressément, que sous la réserve des droits des tiers.

C'est donc à tort qu'on semble croire, que le jury ayant fixé les indemnités quant à la dépossession absolue des terrains occupés, l'on pourrait éconduire les propriétaires lorsqu'ils viendraient demander justice devant les tribunaux civils, pour réparations de tous autres dommages.

. Ainsi l'on se fait illusion en pensant que ces réclamations sont inadmissibles en droit, et, qu'en conséquence, le montant des indemnités ne serait pas aussi considérable, qu'il le deviendrait nécessairement.

La loi, la jurisprudence, l'opinion des auteurs sont unanimes sur ce point de doctrine, que le montant de l'indemnité doit couvrir tous les préjudices éprouvés directement ou indirectement.

Lorsque par le fait de l'expropriation pour cause d'utilité publique, on prive un propriétaire d'un *objet* qui est la base réelle du produit d'un *tout indivisible*, lorsque les dépendances de cet objet, dont elles étaient des parties intégrantes, un complément indispensable, sont rendues dépréciées et infructueuses, ce propriétaire est fondé à demander une indemnité égale à la perte qu'il a à subir ; il peut même, dans certains cas, abandonner l'ensemble de la propriété dont l'harmonie est désormais détruite, sauf à subroger l'expropriant à tous ses droits.

Ce principe est admis pour une maison dont on ne couperait seulement que la plus petite partie ; le législateur a considéré qu'elle formait un tout complet organisé pour un service d'ensemble, et que la désagrégation de cet ensemble en rendait impossible la jouissance fructueuse (1) ; en effet, si par exemple pour cause d'utilité publique, on expropriait les eaux de l'écluse d'un moulin, il nous semble que l'exproprié pourrait arguer avec raison, que les maisonnages et les machines, qui servaient à son usine comme accessoires du cours d'eaumoteur lui deviennent inutiles, et à réclamer en les délaissant, une indemnité pour le tout.

_____

(1) Loi 1841, article 50.

Les prés sont aussi en quelque sorte les moteurs, les mères nourricières des exploitations rurales, lorsque surtout les terres ne sont pas susceptibles de produire des plantes fourragères artificielles ; enfin, pour être compris de tous, on peut dire avec vérité, que les prés sont à un domaine, ce que le crédit, la confiance et l'abondance du numéraire sont à la prospérité d'un commerce quelconque, c'est-à-dire les éléments, les bases du succès.

Assurément, les terrains dont la valeur vénale est élevée, subiraient une grande dépréciation ; ce qui peut mieux faire apprécier notre croyance à cet égard, c'est que dans le doute, un barragiste en ce moment, ne consentirait pas à acquérir une propriété dans ces parages, et dans ce cas, il ne manquerait pas de faire valoir cette considération contre le propriétaire actuel, afin d'en obtenir de plus basses conditions. Notre opposition prouve surabondamment qu'il y aurait lésion.

Au centre même des terres, on enlèverait 68 hectares, soit 180,000 toises de prés, l'aliment indispensable des terres ; il est évident qu'on enlèverait en même temps les récoltes de céréales.

Pas de fourrages, pas de bétail, pas d'engrais, partant pas de récoltes ; il n'est pas un agronome qui nierait ce résultat inévitable.

Si par exemple, pour la traversée d'un chemin, l'on exproprie un pré, en accordant une juste indemnité, le propriétaire dépossédé équitablement indemnisé, peut dans les environs, opérer un utile remploi.

Mais lorsqu'on aura, sur un même point, exproprié

une si vaste étendue de prairies, indiquer un remploi impossible dans un périmètre rationnel, ce serait une blâmable ironie.

MAISONNAGES INUTILES.

Les granges, greniers, écuries et les autres maisons rendues inutiles, n'auraient dans la campagne d'autre valeur que celle des matériaux, leur entretien ne pourrait que devenir ruineux pour le propriétaire.

CHAPITRE IX.

Rosées blanches, Gelées.

Hic stagnat humor frigore æterno rigens.
S. Q.
Ici stagne et sévit un froid perpétuel.

————◦————

Une atmosphère chargée de vapeurs hâterait les gelées d'automne, prolongerait celles du printemps, et
rendrait celles de l'hiver plus intenses et plus profondes
qu'actuellement.

Il est bien que, pour ceux qui les ignorent, nous ex-
pliquions les causes et les effets des gelées.

L'expérience et la science nous enseignent qu'une
trop constante humidité est pernicieuse à la machine
humaine; l'on ne saurait nier qu'une grande étendue
liquide répandrait dans un certain périmètre, une
somme plus intense d'humidité, et l'abaissement presque
constant de la température; elle aurait sur les récoltes
de toute espèce, même sur les troncs des grands végétaux des effets préjudiciables.

Quelques degrés de plus de froid peuvent exposer à
l'air les racines des graminées et occasionner des lé-
sions aux arbres, principalement au moment où la
sève est un peu montée; alors la partie ligneuse obéit

à cette loi générale de la physique qui veut, que tous les corps soient contractés par le froid, tandis que par exception, la sève transformée en glace, emprisonnée dans les capillaires ligneux, se dilate et tend à briser son enveloppe; alors un bruit déchirant se fait entendre, et l'arbre est à jamais devenu gélif. Les noyers surtout seraient plus susceptibles d'être atteints.

Le rayonnement ou l'émission du calorique se produit vers les espaces éthérés, en raison de l'humidité de l'air; lorsque le soleil paraît, il enlève subitement, en même temps que la gelée, aux parties foliacées des végétaux, une quantité considérable de calorique, et par cet effet nuit sensiblement aux plantes.

Le vulgaire, quoiqu'il ignore les lois physiques qui régissent ces phénomènes, en remarque chaque jour les effets; il traduit ainsi son appréciation : L'air ou les plantes sont chargés d'humidité, la gelée sera plus considérable et occasionnera plus de mal.

Personne n'ignore que sur les bords des rivières et autour des pièces d'eau, les végétaux sont plus exposés que partout ailleurs aux rosées blanches ou gelées.

A l'appui de nos opinions, nous citerons un exemple dont la vérité est facile à vérifier :

L'étang Prudent, qui couvrait seulement trois ou quatre hectares, fut desséché en 1849; avant cette époque, le produit des céréales et autres fruits des villages de Châtard, Ytey, Chirac, Fortune, Prudent, etc., était presque nul chaque année; souvent il arrivait que le cultivateur rentrait à peine dans les semences qu'il avait fournies; depuis 1849, ces accidents ne se mani-

festent pas davantage que dans les autres localités de
la montagne de Thiers.

Si l'on était assez peu sage pour reconstituer cette
pièce d'eau, les propriétés du voisinage perdraient plus
de la moitié de leur valeur (1).

Cependant, entre trois ou quatre hectares et soixante-
huit hectares, il y a une différence quant aux effets à
en attendre.

Il est donc sans conteste, qu'en considération des
circonstances que nous venons de citer, la dépréciation
pour cause de privation de prairies et de bétail, de l'inutilité ultérieure des maisonnages et des gelées, il y aurait lieu de la part des propriétaires, à une action en
indemnité, ainsi qu'à cause de l'insalubrité dont nous
allons parler.

(1) Opinion des plus capables agriculteurs de la contrée, Guillaume
Dumas-Dumas, Rigodias d'Ytey, etc.

CHAPITRE X.

Indemnités pour cause d'insalubrité.

> *Fugite.... obscuras ulvá cœnoque lacunas!*
> AUSONIUS.
>
> Fuyez ces lieux.... fuyez les mares, dont le fond noir est composé de fange et de corps organiques décomposés !

———◎———

L'émigration est, de l'avis des hommes de science, des amis de l'humanité, le seul moyen pour les habitants de se soustraire aux dangers des effluves paludéennes.

Un étang industriel n'est autre chose qu'un marais de la plus pernicieuse espèce.

Il a pour destination d'emmagasiner les eaux pendant qu'il y en a excès, et de les évacuer lorsqu'il y en a pénurie ou insuffisance, c'est-à-dire ordinairement aux mois de juillet, août et septembre. S'il ne fonctionnait pas ainsi, il n'aurait pas de raison d'être, il serait inutile de le construire. Pendant ces trois mois, sous l'influence des rayons brûlants du soleil, l'humidité de notre étang ou lac, servirait de véhicule à des effluves miasmatiques.

Ces agents morbides seraient nécessairement pro-

duits par la fermentation des corps organiques végétaux et animaux, qui répandraient la désolation non-
seulement dans les environs, mais encore à plusieurs
lieues, selon les vents dominants.

Chaque tranche d'un mètre d'eau qui serait évacuée
mettrait à découvert, c'est-à-dire *transformerait im-
médiatement en marais*, environ quatre hectares (soit
environ 10,552 toises) de superficie vaseuse; une bien
moindre étendue suffirait pour occasionner des malheurs, qui seraient encore plus à redouter, lorsque cette
étendue pourrait devenir au moins seize fois plus considérable.

En peu de jours, cet immense foyer morbide et lé-
thifère engendrerait des épidémies, des fièvres intermittentes, pernicieuses, charbonneuses, etc., et même
des morts subites.

Nous pourrions être derechef témoins et victimes
des terribles malheurs qu'ont déplorés nos pères, lors
de la peste dite des Ris, qui nécessita la création d'un
lieu de repos supplémentaire (1).

Dès la première année, le gazon des prairies serait
étouffé par la submersion, la retraite insensible des
eaux mettrait à nu la vase préexistante, et le marais
serait tout fait.

Les détritus entraînés des terrains et villages supérieurs par les eaux des pluies, qui devenues stagnantes
se clarifieraient en déposant les principes qu'elles au-

---

(1) Ce cimetière fut établi au delà de l'abattoir actuel, sur la route de la
Chassaigne; on nomme encore ce lieu : le Cimetière neuf.

raient tenus en suspension, et formeraient des couches nouvelles de boue et de corps organiques dans la plaine presque horizontale des Prades.

Nous sommes peu versé dans les questions de physique et d'hygiène que notre sujet nous oblige de traiter, qu'il nous soit permis de nous aider de l'opinion des hommes expérimentés dans les sciences.

Dans les questions d'appréciation, les savants sont rarement unanimes.

Quant à celle qui nous occupe, il y a unanimité absolue, sans aucune exception ni restriction, si ce n'est celle-ci qui confirme la règle générale à savoir, qu'un lac alimenté principalement par des eaux de source, constamment plein, placé au nord, entre des rochers nus presque verticaux, traversé par une forte pente et non soumis à l'envasement peut ne pas être dangereux, surtout s'il n'est point dominé en amont par des terrains soumis à la culture, ainsi que l'observe le rapport de M. Bouvier, ingénieur d'Annonay, afin de prévenir des objections à cet égard.

Les lacs qui sont placés dans toute autre condition, présentent de grands dangers; la science constate que, dans les cinq parties du monde, les mêmes accidents se manifestent, que partout les mêmes causes produisent des effets identiques.

Dans les pays chauds, les effluves paludéennes sont plus expéditives de la vie humaine; là sévissent la peste, la fièvre jaune, etc.

Dans les zones plus tempérées, quoique moins violents, les dangers effluviens sont souvent mortels; ils privent les hommes de la force, de l'intelligence, du sentiment, enfin *les débilitent en les abrutissant.*

Comme nous l'avons dit, les fièvres intermittentes, pernicieuses, typhoïdes, charbonneuses, le choléra, etc., exerceraient des ravages et occasionneraient même des morts spontanées : telles sont d'après les auteurs les conséquences indubitables des miasmes marécageux. D'ordinaire, la fièvre débute brusquement, sans prodromes ni symptômes précurseurs.

Nous avons nous-même habité des pays où les fièvres paludéennes sont endémiques ; là nous avons pu déplorer les terribles effets de cette maladie qui se présente sous toutes les formes ; c'est un vrai Protée *sui generis ;* il déjoue les plus profondes méditations du diagnostic, au point de faire prendre au praticien peu défiant les effets pour les causes, et de le laisser douter si la fièvre souvent larvée, est symptomatique ou idiopathique.

Tantôt elle paraît sous la forme d'une pneumonie, d'une bronchite, d'une pleurésie, tantôt d'une autre maladie et même d'un simple malaise, c'est un fléau qu'on devrait éviter de nous imposer.

Les savants semblent avoir mieux étudié les effets des influences marécageuses, que les causes qui les produisent.

Qu'il nous soit permis d'expliquer le système d'appréciation scientifique, que nous adopterions à cet égard :

La nature opère des transformations journalières.

Lorsqu'un être végétal ou animal cesse de vivre, il

restitue à chacun des éléments qui a contribué à sa nutrition, les molécules de sa constitution.

Les êtres pendant leur existence, absorbent une forte
somme proportionnelle d'humidité, de gaz acide carbonique, d'azote, de carbures d'hydrogène, etc., et
peut-être d'autres agents primitifs inconnus que l'ana-
lyse ne peut définir, et ils les laissent s'échapper, se vo-
latiliser après leur mort.

S'il ne se rencontre pas dans un certain périmètre
des lieux, où s'opère la séparation par l'effet de la décomposition des agents constitutifs de ces êtres morts,
des plantes vivantes naturellement friandes de ces gaz
dangereux, et qui puissent elles-mêmes les absorber,
ils exercent leurs funestes influences ; l'air ambiant
en devient alors saturé, l'équilibre des gaz salutaire-
ment respirables par les hommes et les animaux cesse
d'exister.

Les Indiens n'expliquent pas ainsi les causes acciden-
telles, mais ils connaissent les effets que notre système
a pour but de rechercher ; ils savent qu'après être restés
pendant trois ou quatre mois, occupés à faire des aba-
tis dans les forêts vierges de l'Amérique, la prudence
leur conseille de s'éloigner ; s'ils ne fuyaient pas ces
champs jonchés de cadavres ligneux, ils seraient infailliblement moissonnés par la fièvre que répandent les
produits gazeux, effets de la décomposition des arbres
après la cessation de leur vitalité.

La décomposition des petits végétaux présente les
mêmes dangers.

Au reste, peu importent les causes délétères qui ren-

dent inhabitables les environs des marais, leur recherche est du ressort de la haute science ; notre humilité
en ces matières ne nous donne le droit que d'émettre
un avis *timide*, nous n'avons donc qu'à démontrer les
fâcheuses conséquences de l'établissement d'un étang-
marais intermittent.

Si nous avons un peu expliqué les causes, c'est dans
l'intention de faire mieux comprendre les effets à ceux
qui les ignorent.

Nous laisserons donc maintenant parler les savants,
les hommes d'expérience, les exemples et le gouvernement lui-même.

Depuis Hyppocrate, l'on a remarqué que les eaux,
surtout celles des neiges et des pluies, exposées au con-
tact de la lumière et de la chaleur, dans un réservoir
découvert, atteignent un haut degré de corruption.

M. Coste dit (1) : « Dans les réservoirs à ciel ouvert,
la lumière et la chaleur favorisent le développement de
matières organiques, comme dans une mare. Au cœur
de l'été, l'action du soleil élève la température ; des végétaux et des animaux microscopiques se forment en
abondance ; créations éphémères qui naissent, se repro-
duisent et meurent, multipliant ainsi les éléments de
fermentation, dont la réaction se fait sentir pendant les
orages. Je suis pas à pas, jour par jour, heure par
heure, depuis plus de dix ans, toutes les altérations que
ces dépôts malsains, impriment à l'eau du réservoir du

(1) M. Coste. — Notes sur l'approvisionnement des eaux de Paris, pré-
sentée à l'Académie des sciences en 1861.

Panthéon, qui coulent dans mon laboratoire du collége de France.

» Les mêmes effets ne se produisent pas dans des viviers couverts; il est évident que la lumière et la chaleur sont des causes d'altération, surtout pour les eaux stagnantes.

» On ne saurait donc prendre trop de précautions pour soustraire les réservoirs d'approvisionnement à leurs fâcheuses influences. »

D'après les notes prises au cours d'un illustre professeur de la Faculté de Clermont (1), une masse indicible d'insectes et phryganes, qui naissaient le matin et mouraient le soir, auraient aidé de leurs débris calcaires, à combler la mer qui autrefois a existé entre l'Auvergne et la Bretagne.

Des masses d'insectes ne viendraient-elles pas de même aider à l'envasement de l'étang des Prades.

Tout récemment parmi les causes de la fièvre typhoïde épidémique (2) qui décimait les élèves de l'école militaire de Saint-Cyr, Son Excellence le Ministre de la guerre signale une trop constante humidité, et principalement le voisinage de l'étang de Saint-Quentin, situé à trois kilomètres de distance de l'école.

Nous citerons un autre exemple, qui n'est pas moins concluant contre le projet du barrage.

Après des accidents occasionnés par la rupture des glaces, dans un des bassins du bois de Boulogne, l'on

(1) M. Lecoq.
(2) Rapport de Son Excellence le Ministre de la guerre.

demandait à Sa Majesté l'Empereur, l'abaissement
pendant l'hiver, du plan des pièces d'eau, le *Moniteur*
répondit (1) : « Si l'on abaissait le plan des eaux d'un
mètre, l'on mettrait les lacs à sec, sur les quatre cin-
quièmes de la surface ; lorsqu'il ne gèlerait pas, le fond
des lacs mis à découvert, exhalerait sous l'action du
soleil, *des miasmes qui rendraient impossible la pro-*
menade du bois. »

Autre exemple :

A Majaloussy (Lot-et-Garonne), existait un étang industriel de moins d'un hectare ; le propriétaire écrit (2) :
Quoique mon barrage fût placé dans une gorge étroite,
chaque année en été, les ouvriers de ma fabrique
étaient atteints de fièvres d'accès, et la désertaient : cela
arrivait lorsque *quelques parties* de l'étang restaient
à découvert. J'ai fait enlever la vase, et j'ai maintenu la pièce d'eau au même étiage ; elle est traversée
par un ruisseau d'eau courante de 700 litres de débit par
seconde. Depuis que ces précautions ont été prises,
les accidents ont cessé, mes ouvriers n'émigrent plus
en été.

Autre exemple :

D'après une délibération du conseil municipal de
Castel-Jeloux (Lot-et-Garonne), du 24 janvier 1821 (3),
l'Administration fit exécuter des travaux d'assainissement, près des usines de Clarens et de Neufons, dans

(1) Le 25 janvier 1865.
(2) Lettres de M. et de Mme de Fortin, décembre 1862.
(3) Lettre de M. le Préfet de ce département et rapport de M. l'ingénieur
Baumgart du 26 février 1865.

le marais occasionné par des débordements du ruisseau de l'Avance; les fièvres d'accès ravageaient le pays, elles ont disparu depuis l'exécution des travaux. Le marais s'étendait sur une longueur de 5,210 mètres et sur une largeur de 440 mètres.

Un ingénieur du même département (1), que son amour pour l'humanité a encouragé dans ses études scientifiques, concernant l'influence des marais sur la santé humaine, dit :

« Emu de compassion pour toutes les souffrances dont j'ai été témoin dans ce pays, et par le désir de faire le bien pour le bien, je me suis longuement occupé des questions d'assainissement; voici ce qui m'est resté de mes études :

» De toutes les combinaisons que l'on pourrait imaginer, *pour rendre un pays plat malsain, celle d'un étang industriel qui serait périodiquement vidé en juillet, août et septembre, serait la plus efficace.*

» L'on devrait à tout prix éviter cette extrémité, et si la chose est déjà faite, ou si on ne peut en empêcher l'exécution, il n'y aura plus qu'un parti à prendre, celui d'éloigner toutes les habitations situées dans un périmètre d'au moins 6 kilomètres.

» Avant tout, il faut éviter de mettre à l'air des terrains humidifiés. Certaines portions de notre département, m'ont offert un champ d'exploration, qui

---

(1) M. de Sevin-Tatlve, agent-voyer en chef de Lot-et-Garonne: lettres des 19 janvier et 12 février 1863 adressées à l'auteur.

ont pu fixer mon expérience sur ce point d'hygiène.

» A Verneuil et à Mirail, il existe un marais d'une grande étendue, mais dont seulement une superficie de 15 ou 20 hectares, est réellement un foyer d'infection pour tout le pays. Le chasseur n'a garde de le traverser à de certaines heures ; la contrée est décimée par la fièvre, les habitations sont à distance et sur des hauteurs, mais pas encore assez éloignées, pour être à l'abri des effluves délétères.

» Aussi les populations sont tellement chétives et éprouvées, que les maladies ne peuvent plus rien sur elles. Elles sont fatalement vouées à la fièvre en naissant, et savent qu'elles sont condamnées à mourir à quarante ans, et souvent plus tôt.

» Le sacrifice est accepté avec résignation, on pourrait même dire avec indifférence.

» Ces maladies ôtent tout courage ; les malheureux qui en sont atteints, ressemblent assez à des cadavres ambulants ; ils ne sont capables que de garder des troupeaux, mais ils sont hors d'état de se livrer à des travaux pénibles.

» Il existe ailleurs d'autres marais, les conséquences partout sont les mêmes, elles varient d'intensité, suivant l'étendue des foyers paludéens.

» Au reste, des accidents identiques se produisent sur toute la surface du globe, dans les mêmes conditions et à température égale, partout ils acquièrent la même intensité.

» Notre Gouvernement si bienveillant et humain comprend le besoin de s'occuper de faire disparaître de l'Empire ces foyers actifs de dégénérescence et de dépopulation (1).

» Soyons assurés qu'aussitôt que les besoins d'une importance plus générale auront été satisfaits, il s'empressera de nous en délivrer.

» En attendant, l'émigration est le seul moyen de se soustraire à ces débilitantes et léthifères influences.

» Dans tous les cas, ajoute cet ingénieur hygiéniste, il est indispensable qu'une nappe d'eau de 50 centimètres au moins, recouvre constamment la vase de toute la superficie d'un étang.

» Il est impossible que cette vase, mise à découvert en été surtout, ne répande pas des maladies, même à une assez grande distance. »

Comme on ne manquerait pas d'observer que le département où ont été faites la plupart des études de M. de Sevin, est situé plus au midi que Thiers, nous croyons devoir répondre d'avance à cette objection.

A tort l'on penserait qu'en été, sous l'influence de certaines conditions atmosphériques, la température n'est pas élevée dans la vallée de la Semaine, nous devons dire qu'en 1858 et 1861, nous avons fait et fait faire des expériences comparatives ; lorsque le thermomètre à midi marquait à Limons dans la plaine, 58 et 59 degrés, à Thiers dans la ville, 55 et 56 degrés, il se maintenait dans la vallée de la Semaine à 57 et 58 degrés.

_____

(1) Sur plusieurs points de l'Empire, on s'occupe de dessécher les marais. — Ceux de Marennes, Moëre, St-Agnan (Charente-Inférieure), etc.

Ce phénomène se produit quelquefois même sous Margeride, dans la gorge où les serpents, surtout à l'approche des orages, aiment à se baigner dans les écluses.

Au reste, nous citerons des exemples, recueillis dans des contrées dont l'altitude est supérieure à celle de notre pays, et où se produisent les accidents que nous avons signalés.

La comparaison des effets des lacs d'Aydat et de la Cassière, voisins l'un de l'autre, suffirait seule à la preuve que nous avons à établir. Leur altitude est cependant de 885 mètres au-dessus du niveau de la mer, celle des Prades de Marchat n'est que de 600 mètres. Le sol sur lequel repose le lac d'Aydat, est composé de scories volcaniques, cette pièce d'eau maintient son étiage, aussi n'est-elle point dangereuse.

Le lac de la Cassière a bien moins d'étendue que le premier, dont il est éloigné de 2 kilomètres environ, le sous-sol en est de scories, le sol en est vaseux.

En été, ce lac tarit presque entièrement; les vents du sud portent les effluves sur le village de la Cassière, placé au nord du lac.

La constitution des habitants de ce village est étiolée et appauvrie par la fièvre paludéenne qui y est endémique; ainsi l'altitude est diminutive mais non point exclusive des accidents marécageux.

L'étang proposé serait-il réduit à 20 et même à 10 hectares, qu'il serait un danger pour le pays; on doit le craindre, lorsqu'on sait les effets pernicieux produits à Majaloussy par un étang de moins d'un hectare.

Ces faits trouvent leur confirmation dans ceux qui ont eu lieu à Neyronde, situé à quelques kilomètres de Thiers.

Dès que notre compatriote, M. C....., songea à faire sa résidence à son château, et probablement aussi par motif d'humanité, les premiers soins de ce propriétaire consistèrent à faire mettre entièrement à sec l'étang d'environ cinq hectares, qui de temps immémorial, entretenait endémiquement la fièvre intermittente dans les environs. Chaque année, cette pièce d'eau descendait en été au-dessous de son étiage.

Une jeune montagnarde, qui était venue habiter la maison d'école de Neyronde, fut prise de la fièvre marématique, et mourut après quinze jours de maladie.

L'année du dessèchement complet de l'étang, la vase du fond entièrement mise à découvert, et exposée aux rayons du soleil, répandit des effluves délétères plus intenses que les années précédentes; les accidents de fièvres furent plus nombreux; cette année-là, le travail de décomposition fermentescible s'opérait sur une plus grande superficie.

Depuis cette époque, les habitants de Neyronde ne sont pas plus sujets aux fièvres que les autres riverains de gauche de la Dore.

D'après les enseignements de cette expérience, si jamais on songeait à rétablir cet étang, il est probable que, par mesure de salubrité publique, l'Administration s'y opposerait.

A Prafreychat, près Lezoux, l'année du dessèchement et de la mise en culture du communal maréca-

geux, les mêmes accidents se sont manifestés, les effluves telluriques ont rendu malades tous les habitants.

Dans une commune voisine de la nôtre, sur la rive
gauche de la Dore, auprès d'une métairie, il existe
deux petites pièces d'eaux d'environ 60 ares, qui en
été, perdent de leur étiage; il y a quelques années
nous étions allé visiter cette métairie, c'était au mois
d'août; nous trouvâmes les hommes, les femmes, les
enfants tremblants autour d'un grand feu; les bestiaux étaient consignés dans les écuries, faute de gardiens valides; presque tous les moutons avaient été
frappés de mortalité.

Nous pourrions citer d'autres exemples des dangers
locaux de petites flaques d'eau, qui bien mal à propos,
font déserter leurs campagnes à d'imprudents propriétaires; leur obstination peu éclairée les fait douter des
conseils de la science, et malgré une nourriture analeptique, ils sont eux-mêmes atteints de fièvres, et y
laissent exposés leurs métayers et leurs voisins. L'on
comprendra les motifs qui nous empêchent d'indiquer
les localités.

Tout le monde ici peut connaître l'exemple que nous
allons citer.

A l'ouest du Puy-Guillaume existe une mare d'eau,
qui chaque année perd de son étiage, là viennent
plonger les oiseaux aquatiques domestiques qui en
remuent le fond; de plus, les rives du ruisseau qui
part de cette pièce d'eau ont été empiétées par les racines des arbres riverains; dans ces conditions, les eaux
ne s'écoulent pas facilement, la vase mise à nu déter-

mina, il y a peu d'années, l'invasion du choléra dans la partie du bourg la plus rapprochée du foyer d'infection, pernicieux quoique peu étendu ; cet exemple ne laisse aucun doute sur les dangers d'étangs-marais vaseux d'une étendue plus considérable.

L'étang de Chez-Cothard, près Montpeyroux, répand l'humidité, les gelées et les fièvres dans les environs. Pendant plusieurs années il est resté à sec, les accidents ont été moins intenses.

Ces enseignements sont confirmés par des médecins et d'autres hygiénistes. M. Raspail (1) recommande de faire choix d'une habitation à l'abri des émanations des marais et des étangs, et dit que l'empoisonnement peut être ingéré dans les voies respiratoires par leur voisinage.

Toute collection d'eau non renouvelée, dit M. Nacquart (2), donne bientôt naissance à des myriades d'insectes et de végétaux qui, après une existence plus ou moins passagère, meurent et se putréfient dans la vase qui les a engendrés. Alors se développe dans cette eau une fermentation putride, un certain degré de corruption.

Ces phénomènes ont lieu avec bien plus de force, si l'amas d'eau présente une grande surface avec peu de profondeur, si la chaleur est vive et soutenue, si enfin il n'est tombé que peu de pluies.

C'est dans cet état que l'évaporation de cette eau en-

(1) Manuel de santé, nos 18 et 25.
(2) Dictionnaire des sciences médicales, au mot Epidémie ; édition Pankouke, 1819.

traîne avec elle des particules putrides et délétères, qui ont alors pour véhicules l'eau de l'évaporation elle-même, et aussi celle qui existe déjà sous forme libre dans l'atmophère.

» L'action des effluves ne s'étend pas beaucoup au delà du lieu de leur production, cependant les vents peuvent les disperser à *quelques milliers de toises*, *ou même à quelques lieues.*

» Les qualités de l'atmosphère donnent aux émanations plus ou moins d'activité, de même ces exhalaisons deviennent plus ou moins redoutables, selon que le vent a dans ses qualités primitives plus ou moins d'affinité avec les effluves qu'il transporte.

» Ainsi les vents du *sud* ou du *sud-ouest* donnent de nouvelles forces aux émanations dont ils sont les dépositaires (1).

» Les effluves produisent des maladies moins graves, lorsque les foyers d'infection ne se dessèchent jamais, et restent toujours couverts d'eau.

» Une disposition atmosphérique différente, produit une véritabe endémie.

» Mais les choses ne se bornent pas à ces dispositions, si les foyers d'infection sont fort étendus; aussitôt que

---

(1) D'après l'état des lieux, le village de Marchal serait l'extrémité de la tuyère d'un soufflet naturel; dans certains cas donnés, les vents indiqués, enlevant au passage les effluves, et *resserrés* dans l'espace étroit sous Linières jeunes, iraient avec d'autant plus de violence, frapper sur le grand versant sud-sud-ouest des communes de Celles, d'Arconsat, Paladuc et St-Remy, et les enfiévrer. (Partie comprise entre les deux bourgs d'Arconsat et St-Remy.)

la chaleur y a excité la fermentation putride, et a ab-
sorbé les eaux surabondantes, les effluves sont versées
dans l'atmosphère, et y *forment des nuages qui portent à quelque distance la dévastation et la mort.* »

D'après Colombat, Zimmermann et Lancisi, M. Nacquart conclut ainsi :

« On peut établir en principe que les épidémies efflu-
viennes sont essentiellement composées de fièvres intermittentes, dont le type varie et revêt des complications
nombreuses.

» *On se soustrait à leurs ravages en s'éloignant* ou
en se transportant sur des montagnes; il suffit même le
plus souvent d'éviter de se trouver dans la direction du
vent qui traverse le marais.

» Les effluves ont sur le corps humain une double
action, et comme humidité libre dans l'atmosphère, et
comme eau chargée des émanations marécageuses;
d'où il suit que le voisinage des lieux qui les produisent, doit être plus sujet aux épidémies constitution-
nelles.

» L'impression des effluves peut être si vive, que
quelques moments suffisent à l'imprégnation.

» Les gouvernements doivent veiller avec grand soin
à l'assainissement des pays qui leur sont soumis, et
s'occuper sans relâche d'en faire disparaître les marais et autres foyers d'où s'exhalent les effluves; car la
santé des habitants y est intéressée, et avec elle la prospérité de ces régions; il faut se proposer alors, ou de
dessécher les marais par des saignées, ou de les *sub-
merger pendant toute l'année*, en y dérivant des ri-

vières ou des ruisseaux, car nous avons dit que les plaines d'eau ne sont redoutables que lorsque le sol, précédemment couvert, est mis à sec par les chaleurs de l'été.

» Les personnes exposées à ces effluves *doivent, si leur position le permet, quitter ces lieux pendant la saison des chaleurs, pour n'y revenir qu'à leur cessation.*

» Il est utile aussi d'éviter de placer les habitations sous le vent qui a coutume de dominer pendant la saison malsaine. Dans tous les cas, *il ne faut sortir ni le matin ni le soir* (1), temps où l'humidité de l'air donne aux effluves plus d'activité. »

M. Nacquart cite, à l'appui des opinions qu'il émet, 58 noms de médecins plus ou moins célèbres (2).

Avec raison, un autre médecin a figuré un marais sous la forme poétique d'un dragon à quatre têtes, qui porte la mort aux quatre points cardinaux.

D'autres autorités de la science, MM. Fournier et Bégin (5), ont traité la question des influences marécageuses d'une manière encore plus explicite :

(1) Comment feraient les bouviers qui, dans l'été, se lèvent avant le jour, afin qu'ils puissent labourer à la fraîcheur, précaution exigée pour une bonne culture?

(2) Gonel, Bertrand, Berger, de Gorter, Huber, Mima, Tissot, Augustini Boyer, Sarcone, Fasano, Riepenhauser, Buchner, Bosch, Rosemblad, Eichelgery, Lepecq de la Clôture, Sines, Saillant, Finke, Van Swieten, Raderer, Lebrun, Lind, Raymond, Carrère, Hecker, Delaporte, Vicq d'Azir, Ludolff, Careng, Weise, Kramer, Berthus, Schrayd, Boyer (Jean-François), Chouffé, Maury.

(5) Voir au mot Marais (Dictionnaire des sciences médicales).

« Le voisinage des marais est une des causes qui agis-
sent avec le plus d'énergie sur la santé des habitants
d'un pays ; plus la surface sera élevée et soumise à l'action des vents, plus elle sera dégarnie de plantes et dé-
pourvue d'ombrages, plus aussi l'évaporation du liquide sera rapide et considérable. »

Après avoir cité une foule de localités, les auteurs
ajoutent :

« Toutes les contrées marécageuses dont nous avons
parlé, sont annuellement le théâtre de maladies diverses,
qui paraissent *à l'époque où les terrains marécageux
restent à découvert.*

» Les ouvrages de Lind, de sir S. Saint-Clair, de
M. L. Valentin, de Humbold, etc., contiennent une
multitude de faits variés à l'infini, qui tous attestent
cette influence funeste des terrains marécageux, sans
laquelle suivant Lancisi, il ne s'est jamais manifesté
de fièvres pestilentielles. »

L'habitation des contrées marécageuses altère l'espèce humaine. M. Bossi, préfet de l'Ain (1), fait aussi
un triste tableau de ce que peut devenir la population
soumise aux influences paludéennes : « Un teint pâle et
livide, l'œil terne et abattu, les paupières engorgées ;
des rides nombreuses sillonnent la figure, à un âge où
les formes molles et arrondies devraient seules s'y observer ; des épaules étroites, des poitrines resserrées,
un cou allongé, une voix grêle, une peau toujours
sèche ou inondée par des sueurs débilitantes, une dé-

_____

(1) Statistique du département de l'Ain.

marche lente et pénible, et tout l'appareil des souffrances de l'organe pulmonaire; vieux à trente ans,
cassé et décrépit à quarante ou cinquante, tel est l'habitant de la Basse-Bresse ou du Doubs. Il a une indifférence parfaite pour les maux d'autrui et pour les siens
propres.

» L'habitant de ces tristes contrées semble perdre avec
une sorte de stoïcisme les êtres qui lui sont les plus
chers. »

L'opinion de M. Fodéré (1) vient à l'appui de celle de
M. l'ingénieur de Sevin-Tative et de M. le préfet de
l'Ain. M. Fodéré a longtemps habité les pays marécageux
du centre et de l'est de la France : « Le moral, dit-il, suit
l'état physique; le laboureur trace péniblement et tris-
tement son sillon; le compagnon de ses travaux l'est
aussi de sa tristesse; *là, point de sensibilité, on ne rit
point sur le berceau de celui qui naît, on ne pleure
pas sur le cercueil de celui qui meurt.* »

Les mêmes auteurs disent qu'on a trouvé dans les
Marais-Pontins, sur les chemins, dans les champs, des
paysans qui semblaient endormis, et qui avaient cessé
de vivre (2).

M. L. Dubois vient confirmer les leçons des maîtres
en hygiène que nous avons cités; de plus il signale les
dangers auxquels seraient soumis les produits agricoles
des environs du lac (3) : « Les marais, dit-il, sont les

(1) Traité de médecine légale et d'hygiène publique.
(2) D'après l'opinion des hygiénistes, les Prades ne deviendraient-elles
pas les Marais Pontins de Celles, Visconlat, etc. ?
(3) Encyclopédie moderne; Firmin Didot. 1849.

produits des terres d'alluvion, qui par degrés, comblent les étangs, les lacs ou quelque portion du rivage de la mer.

» Peu importe quelle que soit l'origine des marais, leur existence est fâcheuse à la fois pour la santé des hommes et celle des animaux, qu'ils compromettent par leurs exhalaisons et leur humidité; *pour l'agriculture à laquelle ils enlèvent un sol plus ou moins étendu, et pour les productions du voisinage sur lesquelles ils attirent des vapeurs et rendent les gelées plus désastreuses et plus fréquentes.*

» Ce n'est donc pas sans raison que les hommes éclairés, que les bons agronomes, que les amis de l'humanité, engagent à procéder au dessèchement des marais et même des étangs, afin d'assainir la contrée. »

L'opinion d'un agronome expérimenté en hygiène vient encore corroborer celles déjà citées :

» Les eaux, dit M. Lœuilliet (1), qui alimentent les étangs proviennent des pluies, ou bien elles sont formées par des ruisseaux qui traversent l'étang.

» Si ces ruisseaux sont abondants et ont un débit régulier, alors l'eau se renouvelle sans cesse, reste constamment au même niveau, et les bords de l'étang toujours couverts d'une couche liquide, ne produisent pas des effluves donnant naissance à des fièvres de mauvais caractère.

» La même insalubrité se manifeste chaque fois que

(1) Encyclopédie moderne, aux mots Étang, Agriculture ; Firmin Didot, 1848.

le soleil d'été frappe sur un sol que les eaux viennent de quitter, *les laisses d'étangs*, les lacs qu'on peut regarder comme des étangs naturels présentent des effets analogues à ceux des étangs proprement dits; *nullement insalubres, lorsque leurs bords sont à PIC*, ils sont au contraire très-malsains *même en pays de montagne, lorsque leurs bords sont plats et exposés à rester à sec pendant l'été :* ainsi le lac de *Genève* à Villeneuve, le lac du Bourget au Bourget, les bords du lac de Morat, ceux du lac de Neufchâtel sont malsains, *partout où le fond se trouve à peu près au niveau des eaux* (1). »

« La fièvre paludéenne, dit à son tour M. Valleix (2), attaque tous les âges, tous les sexes, toutes les constitutions.

» La première de toutes ces causes occasionnelles est l'influence miasmatique des marais; ce qu'il y a de certain, c'est que le séjour à une certaine distance d'un marais, d'un étang vidé, de toute eau stagnante, et dans laquelle a lieu la putréfaction générale, occasionne d'une manière évidente, la fièvre intermittente; *le séjour ou le passage dans l'air d'un marais la nuit, la situation sous le vent de ceux-ci*, en un mot toutes les conditions qui exposent directement aux effluves miasmatiques sont dangereuses. »

Le même auteur ajoute : « Le médecin appelé auprès

---

(1) C'est-à-dire privés de berges nues et presque verticales, comme serait l'étang des Prades de Marchal.

(2) Guide du médecin praticien. — Baillère, 1854.

d'un malade, devra redouter d'avoir à combattre une fièvre pernicieuse, lorsqu'il se trouvera dans un pays marécageux où sévit la fièvre intermittente, ou si le pays est devenu, par le curage des canaux ou des étangs dans les conditions des pays marécageux.

« L'expérience a démontré que les sujets atteints de fièvres pernicieuses, sont en danger de mort; ils peuvent être emportés au troisième ou au quatrième accès, et quelquefois même au deuxième et au premier. »

Un des auteurs de la Maison rustique (1), en traitant de l'action chimique de l'air, reconnaît qu'il est des vallées rendues insalubres par le voisinage de marais de quelque étendue, dont les gaz vicient l'air au point de le rendre mortel.

» Il est des vallées, dit-il, dont le sol pestilenciel *est blanchi par les ossements des animaux*, qui dans leur imprévoyance, s'en sont approchés. »

Un hygiéniste de notre pays a donné dans le même sens, son avis spécial sur l'étang projeté.

Nous terminerons cette nomenclature de leçons et d'exemples, par l'exposé de l'opinion compétente d'un savant éminent, elle est l'expression résumée du verdict actuel de la science.

M. Bouchardat, actuellement professeur d'hygiène à la Faculté de médecine de Paris, nous écrit (2):

« Les grands réservoirs en montagne, *lorsque leurs*

(1) Maison rustique du x xᵉ siècle. — Climat.
(2) Extrait de sa lettre du 5 mai 1865.

bords sont abruptes, et qu'ils ne s'assèchent pas, n'offrent aucuns dangers méphitiques.

« *Mais si cette grande précaution est négligée, je ne connais pas de fléau plus grand pour les populations rurales.*

» L'assainissement des pays marécageux, est la plus grande des questions d'hygiène publique.

» L'insalubrité des localités marématiques, doit être le *Delenda Carthago* de l'hygiène moderne. »

Nous ne connaissons pas un seul ouvrage d'hygiène ou d'agriculture, qui n'ait pas proscrit le barrage dans les conditions où il est projeté ici.

S'il existait depuis longtemps, à cause des malheurs qu'il aurait déjà appelés sur la contrée, peut-être en ce moment où on le sollicite, serait-on occupé à prendre des délibérations, à concerter des mesures pour son abolition, ainsi qu'on fait pour le marais de Lempdes et les étangs du Forez, les marais de St-Cyr, etc., etc.

Supposons que, dans le but d'obvier *mieux* aux inondations de la Loire, dont il a été parlé à l'appui du projet, et de préserver Orléans, Blois, Tours, Nantes, etc., etc., et *sans doute aussi* St-Nazaire, il fût question d'établir un plus efficace barrage à l'ouest des prairies de la Durole, près de la Dore, sous la ville de Thiers, assurément par prudence, tout le monde ici protesterait contre cette entreprise et la mal'aria qu'elle ferait craindre. Il serait beau de contempler du rempart cette plaine liquide; on aurait le droit de s'imaginer d'être presque sur un port de mer, mais on ne manquerait pas de se récrier ici contre la perspective de cet agrément. Cependant un réservoir dans ces prairies, s'il offrait des dangers pour *les habitants de la plaine* de Thiers, en présenterait moins *pour ceux de la ville*, que l'étang de Marchat pour nos sobres montagnards.

La science a constaté, que les épidémies ont plus de prise sur le peuple (1) que sur les habitants des cités, ceux-ci ayant une nourriture analeptique plus ou moins arrosée de liqueurs fermentées, des logements et des habits confortables, et aussi moins de fatigues débilitantes.

Il n'est pas équitable de solliciter contre la santé des montagnards, un établissement dont nous-mêmes nous redouterions ici le voisinage ; ce ne serait point mettre en pratique un des plus sublimes, parmi tant d'autres sublimes préceptes du livre divin : *Ne fais pas à autrui, ce que tu ne voudrais pas qui te fût fait à toi-même.*

Mais nous dit-on encore, il existe des étangs inoffensifs, *peut-être* celui de Marchat serait-il de ce nombre?

O judices.....in dubio abstinete vos!

O juges.....dans le doute abstenez-vous !

Non-seulement nous venons de démontrer, que cet étang serait placé dans les mêmes conditions de tous ceux qui sont nuisibles, mais encore nous avons démontré que ceux-là même qui ne le sont pas, existent dans des conditions diamétralement contraires.

Nous ne devons pas négliger de réfuter toutes les

(1) L'étymologie du mot épidémie indique assez cette particularité, επι δαιμος (qui sévit sur le peuple).

erreurs qu'on a essayé d'insinuer ou de répandre.

Si nous connaissions quelque objection qu'on pût encore nous opposer loyalement, nous la soulèverions nous-même pour y répondre, non point parce que nous avons intérêt, mais bien parce que nous sommes convaincu que de tous points nous sommes dans la vérité.

Il existe, en effet, des lacs et étangs dont l'innocuité *exceptionnelle* ne saurait être contestée ; mais ils sont précisément placés dans des conditions *exceptionnelles absolument contraires* à celles qui sont nuisibles.

Il en est des lacs comme de toutes autres choses, comme des champignons, il en est de bons et de vénéneux, et comme des hommes, les uns sont bons et pratiquent la vertu et les autres ne sont nés, il semble, que pour nuire à leurs semblables.

Généralement, en physique comme en mathématiques, les mêmes causes produisent les mêmes résultats.

Les réservoirs des eaux pures d'alimentation de l'ancienne Bysance (1) construits au Vᵉ siècle par les empereurs grecs, *los Pantanos españiols*, *la Huerta* d'Alicante construite sous Philippe II, certains lacs d'Angleterre, d'Italie, le beau lac de St-Féréol, etc., tous placés dans des gorges profondes et abritées, sur des pentes rapides et dénudées, n'offrent aucuns dangers pour la santé humaine.

Les lacs de la Suisse sont en général comme le lac d'Aydat ou comme le lac Pavin des monts Dores, qui

(1) Aujourd'hui Constantinople.

sont constamment pleins, et dont les déversoirs naturels coulent au même étiage.

On a cité trop souvent, trop hautement, le lac de Saint-Féréol connu ici de quelques personnes ; nous devons examiner cette exception, et démontrer qu'elle confirme les règles générales posées par les auteurs, afin de ne laisser sans réplique aucune des objections barragistes.

Le lac de Saint-Féréol est le plus grand des deux réservoirs du canal du Languedoc. Cette gigantesque construction fut conçue et exécutée par le génie de Riquety ou Riquet, ancêtre de l'orateur Mirabeau.

Il est dans des conditions topographiques et hygiéniques, tout-à-fait opposées à celles du lac projeté à Marchat ; nous maintenons que s'il était placé de même que celui-ci, il engendrerait nécessairement les fléaux que nous redoutons.

Tandis que l'humidité pure qui pourrait s'élever de la surface du lac de Saint-Féréol, lorsque celle-ci est plus froide que l'atmosphère, ne pourrait avoir d'autre effet, que de neutraliser ceux du gaz acide carbonique à l'état libre, si l'air en contenait à de certains moments une plus forte dose, qu'il ne convient à la respiration humaine.

Afin qu'on ne puisse révoquer en doute nos appréciations, nous citerons une lettre d'un homme distingué : de M. le maire de Sorèze [Tarn] (1).

« Je crois, Monsieur, nous écrit-il, que vous avez be-

(1) M. Guibert, 6 mars 1863.

soin de vous préoccuper des effets que pourrait produire pour les habitants de votre pays, l'établissement
d'un lac industriel qui, pendant l'été, laisserait nécessairement à découvert une grande surface vaseuse.

» Un pareil établissement *transformerait un pays
très-sain, et le réduirait à l'être très-peu.*

» Le vaste réservoir de Saint-Féréol, formé par un
barrage considérable placé en aval d'une gorge, se vide
en entier par une vanne placée à la base du barrage
et la pente qui y amène les eaux et traverse le bassin
est telle que, lorsqu'il est vide, il n'y reste que bien peu
de sable (1).

» Les eaux sont conduites de la montagne dans le réservoir, au moyen d'un canal de main d'homme ou
aqueduc dallé au fond et sur les côtés, soit naturellement soit au moyen de travaux hydrauliques.

» Il n'arrive dans le bassin avec l'eau, *autre chose
que très-peu de sable pur*, qui presque tout est en-
traîné par le canal de fuite. Il résulte de cet état de
chose, que notre lac de Saint-Féréol n'a et ne peut
avoir d'inconvénient au point de vue sanitaire ; aussi,
jamais épidémie paludéenne n'a affligé les habitants
du village voisin. »

(1) Nous croyons devoir rapporter ici ce que dit à l'égard du lac de St-
Féréol l'ancienne Encyclopédie, édition de Lauzanne et Berne 1781 : Lorsqu'on ouvre les robinets, l'impétuosité de l'eau est si terrible qu'on n'entend
plus rien ; on ne voit que de l'écume ; l'air que l'eau entraîne par sa chute
dans l'aqueduc, forme un courant auquel on a de la peine à résister ; les
masses énormes du mur et des voûtes en paraissent ébranlées ; aussi, ap-
pelle-t-on *voûte d'enfer* le passage par lequel ces eaux s'échappent.

Un ingénieur de mérite du même département (1) a bien voulu nous envoyer aussi sa Notice sur le lac de Saint-Féréol. Il nous donne sur le choix de l'emplacement et la construction de cet édifice, de savants détails scientifiques confirmant ceux qui précèdent.

Un médecin du premier mérite (2), qui depuis 53 ans exerce avec honneur sa profession sur les lieux même, a eu l'obligeance de nous envoyer un Mémoire dont nous extrayons les principaux passages et donnons des extraits.

« Il existait, dit M. Houlès, à Saint-Féréol, un ravin large et profond, résultant de l'usure d'un rocher de schiste micacé qui en formait le fond et les parois sur la plus grande partie de son étendue.

» Complétement à nu sur plusieurs points, partout ailleurs cette roche n'était couverte que d'une légère pellicule de terre. Là coulait un ruisseau descendant des parties les plus élevées de la montagne Noire, c'est là *au nord*, qu'un puissant barrage a été établi pour fermer le ravin dans l'endroit le plus déclive, afin que l'évacuation fût précipitée et complète, et, *que dans tous les cas, il ne pût résider aucuns terreaux au fond*. »

M. Houlès fait la description des travaux d'art du barrage, qui paraissent avoir servi de prototypes à ceux que depuis on a exécutés ailleurs.

« En temps ordinaire, dit-il, une rigole de ceinture,

(1) M. S. Paulhy, agent-voyer principal à Castres (Tarn).
(2) M. le docteur Houlès de Sorèze, près Saint-Féréol (Tarn).

creusée dans le roc, placée sur un côté du bassin, dé-
bite moins l'évaporation, une quantité d'eau égale à
celle qui arrive.

» D'après les dispositions et précautions prises, le lac
maintient ses eaux au même niveau pendant une
grande partie de l'année, et celles-ci mues par la pré-
cipitation de la pente supérieure, entretiennent un véritable courant, étant poussées au travers de la masse
liquide.

» Ces circonstances ne sauraient donc permettre d'assimiler le lac de Saint-Féréol à une plaine d'eaux stagnantes, qui là par le repos, se débarrasseraient des
matières qu'elles auraient entraînées des terrains supérieurs.

» Ordinairement on n'ouvre les robinets qu'à la fin de
l'été, pour les besoins de la navigation, et insensiblement les pentes immergées se trouvent à découvert.

» Le village de Vaudreuil est tout près, et je ne sache
pas que des fièvres d'accès s'y soient montrées. Depuis
35 ans que j'exerce dans le pays, j'ai, comme médecin,
donné mes soins aux trois familles des gardiens du barrage qui se sont succédé, et jamais elles n'ont eu de
fièvres paludéennes.

» Cette innocuité, qui en apparence est contradictoire
avec l'expérience de tous les jours, dans tous les pays
du monde, et aussi avec les enseignements de tous les
hygiénistes sans exception, s'explique très-naturelle-
ment ; elle est une rare exception, qui au lieu de l'atténuer, vient confirmer la règle physique générale.

» Les conditions toutes particulières et rares dans lesquelles est établi le lac de Saint-Féréol, contraste entièrement avec celles qui constitueraient un marécage, un foyer d'infection par les effluves miasmatiques.

» Sa configuration et la nature schisteuse du sol, son fond et ses parois déclives, le choix de son emplacement, etc., etc., s'opposent à la formation de tout dangereux agent de décomposition chimique ou putride.

» Quand les eaux baissent, elles ne laissent à découvert qu'une roche schisteuse et ses molécules décomposées, c'est-à-dire un sable micacé et très-brillant, ou sur une minime étendue, quelques légères pellicules de terre presqu'aussitôt desséchée que découverte.

» L'inclinaison des pentes est d'ailleurs si considérable que les vases, si les eaux en contenaient, tomberaient elles-mêmes dans la partie la plus profonde et resserrée du ravin, où elles seraient emportées par le courant rapide qui s'y établit aussitôt que les robinets sont ouverts.

» Au reste, ce profond du ravin n'est à découvert que lorsqu'on met le bassin à sec pour l'examen et les réparations des travaux d'art, et, comme cette opération n'a lieu qu'à de longs intervalles, et toujours en hiver, elle ne saurait occasionner aucun inconvénient. »

M. le docteur Houlès conclut en ces termes :

» C'est donc à des circonstances locales et spéciales, à des conditions tout à fait exceptionnelles, et rarement possibles ailleurs d'aménagement des eaux, qu'il faut, je le répète, attribuer cette absence d'émanations marécageuses du lac de Saint-Féréol même dans ses basses eaux.

Il serait donc fort peu logique, dit ce praticien, d'arguer de cet exemple exceptionnel pour démontrer la possibilité de l'innocuité d'un lac, qui serait établi dans *des conditions différentes* et dont le sol serait plat, spongieux et profondément végétal.

Ces renseignements et la conclusion qu'en tire l'homme spécial, ne permettront plus désormais d'invoquer si hautement cet exemple, et de contester les dangers d'un barrage à Marchat.

Ceux qui se faisaient une arme de ce moyen, ignoraient sans doute qu'il existe, à peu près dans le même degré de latitude que Saint-Féréol, d'autres exemples dont la similitude avec l'étang projeté ici, serait à l'avantage de nos appréciations ; lorsque le canal du Languedoc est mis à sec pour le curage, les vases répandent dans le voisinage des fièvres d'accès ; les marais de la Camargue, de Lunel, d'Aigues-Mortes, etc., produisent les mêmes effets.

Ainsi tombe l'exemple d'analogie dont on s'est trop souvent et trop longtemps autorisé à Thiers, pour éloigner les craintes de la population, fondées sur les expériences sans réplique de la science.

Nous avons eu raison de dire que sur ce point d'hygiène, il y a unanimité entre les médecins, les ingénieurs, les observateurs, les savants et les philosophes de tous les âges, de tous les pays.

Nos adversaires font une autre singulière objection ; ils prétendent que la plaine de prairies des Prades, qui est alternativement arrosée comme celle de nos Duroles, pourrait être aussi dangereuse quant aux

7

miasmes, que la vase de l'étang qu'on y établirait.

Nous leur répondrons :

1°. D'après ce raisonnement, la plaine des Duroles qui reçoit les déjections et autres détritus de la ville, serait donc plus dangereuse qu'un étang-marais qu'on pourrait y établir, cela ne saurait être admissible.

2°. Si de mauvais effets eussent pu résulter de l'état actuel et du fait de l'irrigation des Prades, ils se produiraient de même dans toutes les plaines de prairies, et ils eussent été remarqués autour des Prades, principalement pendant ces dernières années si exceptionnellement chaudes.

3°. Cette vallée *a joui de l'heureux privilége d'être préservée* des accidents qui se sont manifestés dans son entourage.

4°. La science connaît d'autres causes déterminantes de la fièvre dite typhoïde, que celle du voisinage des marais ; cette maladie a donc pu exister dans une partie de la montagne sans que des agents locaux y aient contribué ; il est, dans tous les cas, inutile d'établir là une cause de plus de cette maladie.

5°. D'après une des notabilités médicales de notre cité, la fièvre qui aurait désolé la montagne, ne serait pas celle typhoïde proprement dite. Nous avons lieu de penser, que s'il était possible que les émanations des prairies eussent été la cause de cette épidémie, il est probable que les lieux qui en sont les plus rapprochés, eussent été les premiers infectés ; il est probable encore, que si elle eût eu quelque rapport à la fièvre d'accès, le sulfate de quinine *non fraudé* par une vile spé-

culation, mais en bonne qualité, comme nous savons
qu'il en a été employé, eût eu quelque pouvoir contre
la maladie.

6°. Au reste, il n'y a aucune analogie entre une
plaine gazonnée et une plaine vaseuse dénudée, et
exposée ensuite aux rayons brûlants du soleil.

Nous allons essayer d'expliquer la différence des
effets chimiques résultant des deux situations.

Le gazon vivace des prairies, arrosé par des eaux
courantes, *ne meurt pas;* par le fait du retrait de
celles-ci, il n'y a ni fermentation ni décomposition
végétale, au contraire, le gazon acquiert une plus
grande vigueur; et, si une espèce de fermentation
sui generis, à laquelle nous donnerons le nom d'*action végétative*, anime les plantes par l'effet de la
succion du chevelu de leurs racines, en même temps,
les parties foliacées de ces mêmes plantes, absorbent
sur place des carbures d'hydrogène, s'il s'en dégageait
du sol, une quantité capable de détruire l'équilibre
d'ensemble de l'air utilement respirable.

Ainsi, le voisinage des prairies vivaces, dans les
conditions de celles des Prades est quant à la salubrité,
tout à fait contraire à celui du voisinage d'un marais.

Il n'y a donc pas lieu de s'arrêter à cette dernière
objection.

Voici une des preuves de ce que nous venons d'expliquer : des métayers venus depuis peu d'années de la
plaine d'Écoutoux, où sont des terres humides et des
étangs, habiter près des prairies des Prades, étaient
alors tellement hâvés par les fièvres, qu'on les nommait

en patois *Lous jaunis* (les jaunes) ; aujourd'hui ils sont roses, frais et dispos.

En conséquence, il reste et il restera incontestable que, sous notre climat, l'humidité froide de l'étang des Prades de Marchat, présenterait de grands dangers, pour les hommes, les animaux et les végétaux, que les effluves de cette pièce d'eau seraient léthifères, que l'on enlèverait les produits du sol de toutes manières, principalement en obligeant les habitants à l'émigration, s'ils voulaient mettre leurs existences en sûreté.

Que comme les anciens Numides, les Parthes, les Scythes ou les Bédouins, ils ne peuvent aller planter leurs tentes nomades, ni chercher temporairement ailleurs de nouveaux pâturages pour leurs bestiaux ; en France, les places partout sont occupées.

D'après ce qui précède, que peut-on désormais répondre à ces cultivateurs-ouvriers qui viennent exposer leurs griefs ainsi :

« Pour économiser quelques tonnes de houille à un petit nombre de personnes, l'on ne saurait se proposer de nous enlever nos prairies, et avec elles les produits de nos exploitations ; nous condamner à abandonner les lieux qui nous ont vus naître, emmenant nos familles, nos bestiaux, et allant de par le monde chercher une terre plus hospitalière, et plus abritée contre la mortalité.

» Faites-nous grâce de la vie, inclinez-vous devant les preuves scientifiques et péremptoires qui doivent imposer silence à vos excentriques et ambitieux projets.

» Vous n'accepteriez pas un étang de 180,000 toises sous la ville, pourquoi feriez-vous fi de notre existence.

» Ne mettez pas en pratique, nous vous en conjurons, cet axiome dont nous n'avons pas ici à étudier les excuses ou les humanitaires nécessités.

Faciamus experimentum in animâ vili.

» Nous ne sommes, il est vrai, que des paysans; mais convenez que devant Dieu, devant l'équité du sage, la vie d'un laborieux ouvrier est plus utile pour la société humaine, que celle d'un plus ou moins libidineux ou fainéant citadin.

» S. M. l'Empereur qui a empêché, que le fond des lacs du bois de Boulogne, soit mis à découvert, même pendant l'hiver; qui a ordonné que les environs de Saint-Cyr soient assainis, sera assez équitable, lui, pour priser autant nos existences que celles de désœuvrés ou curieux promeneurs; il jugera, lui, que si l'École militaire est la pépinière des chefs de notre armée, nous sommes aussi, nous, la pépinière des soldats, sans lesquels les chefs ne pourraient vaincre les ennemis de la France. S. M. comprendra cela, ses ministres, ses fonctionnaires le comprendront, et ne doteront pas quelques usiniers avec les fonds de l'État pour nous appauvrir et nous décimer.

» Au moyen de la vapeur, les usiniers peuvent, ils le savent bien, créer la force qui manque à leurs machines, tandis qu'avec la vapeur on ne crée pas les hommes, les animaux, les céréales et les fourrages.

» Assurément, il serait fort agréable de posséder auprès de nous, dans ce riant bassin de la Semaine, une immense nappe d'eau, où nous pourrions, nous dit-on, obtenir des truites de la succulence et de la grosseur de celles du lac de Genève, où avec les dames de nos pensées, nous pourrions aller en jonque chinoise ou en gondole vénitienne, chanter des barcarolles en l'honneur des nymphes du lac ou des deux déités Mœrisiennes.

» Mais espérons que tous comprendront la ridicule inanité de cette nouvelle Babel, et compatiront à nos justes plaintes.

» Dans le cas où, après nos avertissements et nos supplications, on s'obstinerait encore à compromettre nos fortunes et nos existences, on en serait légalement responsable; car tuer tout d'un coup violemment ses semblables ou les tuer de mort lente sans instrument tranchant ni contondant, les empoisonner en masse par asphyxie, par des gaz de carbures d'hydrogène, ou au moyen de l'acétate de morphine, etc., le résultat est toujours le même : la mort en est la conséquence, et il y a lieu à réparation au moins civile de la part des fauteurs.

» Si les raisons que nous présentons, ajoutent les montagnards, étaient impuissantes à fléchir une résolution qu'on essaie de faire prévaloir par tous les moyens, nous invoquerions les lois et l'équité pour nous opposer à tout préjudice direct ou indirect.

» Nous démontrerons dans le chapitre suivant que l'on doit nous indemniser de tous les dommages auxquels on nous expose, et que même nous avons le droit de nous opposer à cette entreprise; évitez-nous un dernier fléau, celui de nombreux procès. »

Ainsi, disent les habitants de la montagne ; nous avons lieu d'espérer que leur voix sera comprise, et qu'on aura égard à la vérité de leurs observations.

CHAPITRE XI.

Questions de droit.

Justitia versatur in hominum societate tuendâ,
tribuendoque suum cuique. CICER., 1, *De Leg.* 28.

Le sentiment de la justice a été inculqué dans
l'esprit des hommes, pour qu'ils défendent la société, et que la propriété de chacun des membres
de celle-ci lui soit assurée.

Il y a des juges à Berlin.
ANDRIEUX, *Le Moulin Sans-Souci.*

———◎———

Il est des personnes qui semblent croire, qu'en in-
demnisant les propriétaires de la valeur du sol dont
ils seraient dépossédés, ceux-ci seraient forclos, si au-
delà et en dehors de l'estimation faite par le jury spécial
d'expropriation, ils réclamaient devant la juridiction
civile, des indemnités pour réparation d'autres préjudices par eux subis.

Ces personnes sont conduites à cette appréciation
erronée, parce qu'elles ne connaissent pas de précédent
absolument analogue à la situation. Il est en effet sans
exemple, que nulle part on ait commis la faute d'une
entreprise aussi nuisible à la salubrité publique, et cela au
XIXᵉ siècle et en France surtout; lorsqu'une civilisation

progressive, tend de toute part à un but humanitaire, et que cette entreprise serait diamétralement opposée à la multiplication des hommes, qu'on sait être une des plus puissantes causes de la fortune des États.

La compétence du jury est limitée, il est vrai, à l'estimation des terrains occupés; mais en dehors du ressort de cette juridiction, le droit commun ne laisse pas les citoyens sans défense contre d'autres espèces de dépossessions.

Les articles 1149, 1150, 1582, 1583 du Code Napoléon, etc., peuvent dans l'espèce qui nous occupe, être civilement invoqués, même lorsqu'il s'agit de préjudices causés par un établissement d'intérêt public.

Il est équitable que la société répare les dommages causés aux citoyens; en compensation la loi de 1807 donne à cette société, la faculté d'intenter une action en plus value, contre ceux de ses membres, qui seraient assez peu sages pour profiter des dépenses de la mère commune, en refusant de consentir à payer leur part contributive, ce qui malheureusement arrive trop souvent, et met les communes dans l'impuissance d'entreprendre des choses utiles.

Nous poserons un axiome social, qui nous paraît résumer les lois sur cette matière : Dans une société chrétienne bien organisée, *tous se doivent à chacun, chacun se doit à tous.*

La société doit indemniser celui qui éprouve un dommage par le fait d'une entreprise publique, et par contre, elle doit recevoir une somme de plus-value qui peut s'élever à la moitié de bénéfice effectué, de ceux de ses membres, au profit desquels elle réalise une amélioration notable (1).

Le principe combiné et complexe de plus-value et de moins-value, trouve son application dans la question qui nous occupe. On rejetterait ce principe si d'une part, on ne dédommageait pas les propriétaires lésés, et si d'autre part, on ne mettait pas à contribution les usiniers qui bénéficient ou croient bénéficier, et qui sans cette espérance, ne pousseraient pas à l'exécution du barrage.

Supposons, par exemple, qu'après avoir existé pendant vingt ans, quarante ans, le barrage fût supprimé; alors, en vertu du principe de la plus value, on pourrait d'après la loi de 1807 exiger des propriétaires, ou de leurs héritier et ayants droit, une prime qui pourrait s'élever à la moitié de la valeur qu'acquerraient leurs propriétés par le fait même de la suppression de ce barrage, de la moindre intensité des gelées, de la salubrité reconquise, etc., etc.; comme pour préservation d'inondations ou toute autre notable amélioration de rues, places, chemins, dessèchement de marais, etc.

Il résulterait de cette circonstance, que les enfants paieraient le prix d'avantages dont leurs pères auraient été *gratuitement* dépossédés.

En temps opportun, il ne serait pas difficile de trouver dans nos lois, des moyens de défense contre une injustice.

Le moment n'est pas venu; il y a lieu d'espérer que de

(1) Arrêt de Cassation, de Lespine et Bourbon-Busset du 15 mai 1856

tous les fléaux dont on nous menace, on nous graciera
nous le répétons du plus terrible, de celui des procès;
car dans ce cas, parmi les patentés, il n'y aurait que
MM. les avocats et médecins qui n'auraient pas à se
plaindre des surimpositions de leurs patentes; eux seuls
trouveraient une large compensation matérielle dans
les procès et les épidémies.

Notre intention n'est pas d'invoquer ici tous nos
moyens de défense.

Cependant, pour amoindrir les espérances peu fondées
de plusieurs personnes qui ne doutent de rien et doutent de tout, nous devons exposer les appréciations de
quelques jurisconsultes et aussi des arrêts qui peuvent
faire autorité en cette matière.

Il est incontestable que notre protestation signalant
préalablement, des dangers inévitables d'après l'opinion *invariable* des spécialités savantes, on ne serait
plus admis à invoquer envers les familles qui, par
exemple, auraient perdu leur chef, l'excuse d'une involontaire imprudence et de la bonne foi.

Vu les circonstances d'après l'avis des auteurs, les
propriétaires pourraient préventivement s'opposer à
l'établissement de l'étang des Prades.

D'après tous les auteurs et les arrêts, chacun des
préjudices causés même par imprudence, donnerait
lieu après sa perpétration, à une action bien fondée
en dommages-intérêts.

En rappelant une pensée d'un philosophe déiste,
nous pouvons dire que si ce principe d'équité n'existait
pas dans nos lois, il faudrait l'inventer pour l'y insérer.

« La Société, dit M. Cotelle (1), a le droit de rechercher l'utilité générale, et d'en procurer tout le développement possible, *sans compromettre la sûreté, la liberté des personnes* (2), *et en accordant de justes indemnités à la propriété.*

» Si, de l'usage de notre chose, dit le même jurisconsule (3), il doit résulter un dommage pour le fonds d'autrui, provenant d'une cause impétueuse, qui lui causera une *atteinte matérielle, profonde et de manière à le détruire entièrement, dommage facile à prévoir, nous devons nous abstenir,* car nous n'avons pas le droit d'user de notre chose (4) *d'une manière qui nuise à autrui dans sa personne ou dans ses biens.*

» Ces principes, ajoute le professeur jurisconsulte, sont invoqués tous les jours par l'Administration contre les citoyens, et ceux-ci ne doivent pas être traités plus défavorablement, quand ils ont à les invoquer contre l'Administration (5). »

D'après le même, auteur, celle-ci doit une juste indemnité, pour *toute atteinte* qu'elle aura causée

(1) Cours de droit administratif, tom. 2, p. 25 et suiv.

(2) On avait proposé à l'Assemblée constituante en 1848, de définir ainsi la liberté : C'est le droit d'aller et de venir. — Nous n'aurions, nous, d'autre liberté que de nous en aller en juillet et de ne revenir qu'en octobre.

(Note de M. D.....)

(3) Tom. 2, n° 134.

(4) Le barrage serait la chose de la ville.

(5) Cette appréciation a d'autant plus de valeur, que M. Cotelle a dans ses œuvres une tendance entraînante, à donner raison le plus possible à l'Administration, aux idées, aux intérêts de laquelle, il s'est identifié, comme avocat des ministres devant les cours et tribunaux dans les causes les plus importantes.

(Note de M. D.....)

à la propriété *d'une manière directe ou indirecte.*

Il cite l'opinion de Domat (1) : « Si l'on ne prend, dit celui-ci, les *précautions nécessaires pour prévenir* le dommage, dont d'autres personnes pourraient souffrir, on doit ou *s'abstenir des causes du dommage, ou se charger de l'événement, si on s'y expose.* »

L'opinion des auteurs et les arrêts sont invariables sur ce point de doctrine.

Arrêt du Conseil d'État du 6 mars 1828, Vigne; 10 juillet 1833; 15 mars 1826; 24 juin 1826, André.

C'est aussi l'opinion de M. Tarbé de Vauclairs (2), qui considère la dépréciation, comme une véritable expropriation sinon du sol, mais du produit du sol. « Elle a, dit-il, le même résultat que si l'on eût pris une *partie* de l'immeuble, *égale au montant* de la dépréciation.

» Plusieurs jugements, ajoute le même auteur, ont déjà admis ce principe, qui sans doute finira par être généralement admis. »

Depuis que M. Tarbé de Vauclairs a émis ce vœu, M. Cotelle constate que cette doctrine a pris de profondes racines dans les arrêts suivants :

Cour de Dijon, 17 août 1837. — Cour de Riom, 23 mai 1838.

Cour de Cassation, 23 mai 1836. — Cour de Cassation, 50 avril 1838.

M. Cotelle démontre que les lois de 1810, 1833 et

---

(1) Des lois civiles, n° IX.
(2) Dictionnaire des travaux publics.

1844, sont spéciales et ne peuvent être étendues au delà des dérogations qu'elles ont édictées.

De l'ensemble de son opinion, il résulte que pour toute espèce d'indemnités, *autres que celles relatives à l'expropriation du fonds même*, elles continuent d'être réglées par le droit commun, et non pas d'après des lois exceptionnelles, qui ne dérogent à celui-ci que sur certains points explicitement déterminés par elles.

« On a été conduit, dit-il, enfin (1), à distinguer trois sortes d'atteintes portées à la propriété par l'exécution de travaux publics, qui sont du ressort de juridictions différentes, savoir : les dommages temporaires dont l'appréciation avait été dévolue au conseil de préfecture, en vertu de la loi du 28 pluviôse an VIII ; *les dommages permanents ou dépréciations perpétuelles*, qui devraient s'assimiler à l'expropriation, et dont l'indemnité continuerait d'être réglée par les tribunaux, comme sous l'empire de la loi du 8 mars 1810 ; enfin, l'expropriation proprement dite, applicable à des propriétés bâties ou non, *indiquées* par les plans des nouveaux travaux, pour en former l'emplacement et la zone, pour laquelle l'indemnité doit être fixée par un jury spécial. »

L'opinion de M. l'ingénieur Darcy (2), vient à l'appui de celle de M. Cotelle.

Il démontre qu'outre l'estimation des indemnités directes, pour l'occupation des terrains, soumise aux lois spéciales sur la matière, une action distincte pour

(1) Cours de droit administratif, n° 109, 5e alinéa.
(2) Les Fontaines publiques de la ville de Dijon, 1856.

cause de dommages indirects, peut être exercée en vertu du droit commun, devant les tribunaux civils.

Il cite Delalo (1), Proudhom (2), et 25 arrêts du Conseil d'État, de la Cour de Cassation et des Cours d'appel, entr'autres un de ceux de la Cour de Lyon du 1er mars 1838, dont les derniers motifs sont ainsi conçus :

« Attendu que la loi du 8 mars 1810, en rendant aux tribunaux ordinaires, la question de propriété, en matière d'expropriation pour cause d'utilité publique, leur a de fait rendu avec elle, les faits de réparations de dommages aux propriétés qui y participent de leur nature et n'en sont que l'accessoire.

» Attendu que l'économie générale et les dispositions particulières de la loi du 7 juillet 1833, démontrent que le jury spécial institué par cette loi, n'est appelé à connaître que du règlement de l'indemnité préalable, en cas d'expropriation de la propriété privée, pour cause d'utilité publique ; qu'aucune des conditions nombreuses, qui doivent *précéder* la convocation du jury spécial, ne se rencontrent dans les cas d'appréciation d'un simple dommage, qui dès lors reste dans les termes du droit commun, et dans la compétence des tribunaux ordinaires. »

« Dans le premier cas, dit Darcy, il y a occupation et envahissement complet de la propriété; dans le second, *il n'y a que préjudice ou diminution de valeur,*

(1) Traité d'expropriation pour cause d'utilité publique.
(2) Traité du domaine public, nos 515 et 857.

sans que le propriétaire cesse de posséder le fonds.

» D'avance on peut, au moyen des plans, connaître les fonds et en quelle quantité ; en fait de dommages, au contraire, *il est impossible d'apprécier d'avance s'il y en aura, quelle en sera l'étendue*, quels seront les héritages qui les éprouveront et dans quelles proportions. »

Cette doctrine a été accueillie et consacrée par un arrêté de M. le Préfet de la Côte-d'Or, du 16 janvier 1841.

De ce qui précède il résulte, que la jurisprudence sur cette matière est bien fixée. — Dans l'espèce, il ne peut donc s'élever aucun doute sur les droits des propriétaires :

1°. A une indemnité préalable, pour les terrains occupés.

2°. A une indemnité préalable pour dépréciation des terrains désormais privés d'engrais, et pour inutilité des maisonnages, dommages dès ce moment appréciables, et du ressort des tribunaux civils.

3°. Postérieurement, au fur et à mesure que les dommages ayant pour cause les gelées, l'abandon obligé quoique temporaire des exploitations, les maladies et la mortalité, après la constatation et les rapports d'hommes de l'art, les personnes lésées auraient droit à des indemnités proportionnelles aux préjudices successivement causés par le fait du nouvel établissement, par l'imprudence des propriétaires de celui-ci, comme cela se pratique lorsqu'il arrive des accidents partiels sur les chemins de fer. Quoique ceux-ci présentent à

térêt général une compensation d'utilité, qu'à aucun
point de vue n'offre le barrage. Si un cheval ou toute autre
bête de somme, périt par la faute d'autrui, les tribunaux
pour fixer la somme de l'indemnité, jugent d'après le
rapport d'un vétérinaire ; pourquoi lorsqu'il s'agirait
d'êtres humains, des médecins ne pourraient-ils pas
constater que les accidents de maladie ou de mortalité
ont été occasionnés par les effluves d'un étang-marais?
pourquoi les tribunaux ne seraient-ils point appelés
à statuer aussi sur le rapport de ces médecins? La similitude des deux hypothèses ne saurait être qu'en
faveur de la dernière posée.

Un empoisonnement d'hommes effectué sur une
grande échelle, est encore plus répréhensible, qu'un
cas particulier de mortalité d'animaux.

Dans le premier cas, des actions successives et incessantes en indemnité pour réparations de graves dommages, pourraient donc être exercées contre la ville
de Thiers propriétaire du barrage, au fur et à mesure
que les dommages se produiraient, et seraient cons-
tatés par des hommes de l'art, avoir été le fatal résultat de cette entreprise, et seraient une source de
ruineux et incessants procès pour la ville.

Les indemnités pour terrains occupés, et aussi pour
cause de dépréciation des terres et maisonnages, s'é-
lèveraient à plusieurs millions; quant aux autres indemnités, d'après ce qui vient d'être expliqué, elles
seraient incessantes, et la somme en serait indéterminée.

Cependant jusqu'à ce jour, on a semblé ignorer les
principes que nous venons d'expliquer; il est facile de

8

reconnaître cette involontaire erreur, lorsqu'on sait que l'estimation des indemnités et les frais de construction ne s'élèvent qu'à environ 600,000 francs.

A la vérité, peu importe la quantité de millions, au paiement desquels on ne participerait pas, que veut-on bien vite? un décret, des fonds, et un commencement d'exécution.

C'est se faire illusion que de s'imaginer que l'État et la ville iraient s'engager dans cette téméraire entreprise, dont ils ont compris tous les inconvénients dès le jour de notre première opposition.

L'État pourra répondre : Quoi, Messieurs les Thiernois, vous allez parader dans toutes les grandes expositions comme les plus habiles, les plus dignes de récompenses pour les bas prix et la confection, de tous les couteliers qui sont sous le soleil (1), et il vous faut un barrage devant coûter plusieurs millions pour soutenir la concurrence étrangère et obtenir une baisse de quatre ou cinq centimes par douzaine sur vos articles; alors la demande d'un usinier-émouleur adressée à un haut fonctionnaire, aura été entendue par Sa Majesté; veuillez, Monsieur, dit-il, écrire de notre part à l'Empereur, que nous courons assez de dangers, pour qu'on ne nous en crée pas d'autres; que nous le prions de ne pas dépenser là de l'argent inutilement; que nous

(1) L'exposition d'extraordinaireté, peut devenir préjudiciable à la grande famille industrielle de notre cité; le Gouvernement, croyant nos articles supérieurs à ceux des étrangers, serait autorisé à abaisser les tarifs douaniers. Ainsi la vaine satisfaction personnelle de quelques-uns, pourrait nuire à tous.

le remercions des bonnes intentions qu'il avait pour nous, croyant de nous faire du bien.

D'après l'exposé qui précède, les intéressés protestent ici de toutes leurs forces contre le barrage, et font toutes les réserves que leur permet le droit.

CHAPITRE XII.

Des eaux d'alimentation de la ville de Thiers, sur le projet de dérivation des eaux du barrage pour alimenter les fontaines, les chaudières à vapeur, et laver les rues de Thiers, etc.

Cibus, Potus, Spiritus. OEuvres Hypocratiques.
Le manger, le boire, l'air.

———o———

Le barrage et la dérivation priveraient la montagne et la ville, des bonnes qualités de ces trois éléments constitutifs de la vitalité du développement et de la conservation humaine : une bonne nourriture, une pure boisson, un air salubre.

Nous avons précédemment examiné la troisième de ces propositions, nous allons mieux la préciser, et expliquer la nocuité du barrage à l'égard des autres deux éléments de nutrition :

CIBUS.

Quant à la nourriture, il a déjà été expliqué qu'en augmentant l'intensité des gelées, l'humidité diminuerait sensiblement les récoltes de céréales; en outre, elle serait une des causes principales du développement de cette maladie des seigles, de l'*Ergot* qui transforme cette nourriture en un véritable poison.

POTUS.

La proposition de faire servir les eaux du barrage à l'alimentation de la ville de Thiers, nous fait un devoir d'examiner cette question accessoire, afin de ne rien laisser dans le vague et l'indécision.

Le 27 décembre 1861, au sein du conseil municipal de Thiers, on présenta inopinément une proposition, tendant à demander s'il ne conviendrait pas d'alimenter la ville, au moyen d'une dérivation d'une partie des eaux de la Durole, après toutefois que le barrage aurait été construit. L'on indiquait le point de départ de cette dérivation ou la prise d'eau, à quatre kilomètres de la ville.

C'était un nouveau moyen plus ou moins habile de rendre le barrage indispensable; car, nous le répétons, on l'indiquait en toute occasion comme une mesure de salut public.

On estimait les travaux de l'aqueduc qui devait être pratiqué au travers des rochers et des vallées du cordon sur le versant méridional, à 20 francs le mètre courant, soit pour quatre kilomètres 80,000 francs; estimation, selon nous, un peu modérée.

On avait oublié de porter en ligne de compte, les frais considérables nécessités par les bassins-filtres, etc., et ceux d'entretien quotidien; on espérait vendre de l'eau aux habitants, pour une somme égale aux dépenses.

Les auteurs de la proposition ajoutaient textuellement (1) « *toute* la somme à dépenser, pour *l'achat, la captation et la conduite des eaux de montagne* (2), peuvent, sans grever la ville, *s'appliquer* à la construction du barrage ; si elle ne suffit pas, nous ne doutons pas que la commune de Thiers ne s'empresse de la compléter. »

Les auteurs de la proposition concluent à confier à un architecte, l'examen comparatif des deux moyens d'alimentation.

M. le maire et un membre du conseil combattirent cette proposition qui fut rejetée.

M. Ledru architecte, qui devait ce jour-là même déposer un rapport, fut introduit et consulté ; il répondit : qu'à cet égard, il ne saurait y avoir de doute, qu'on ne devrait recourir aux eaux de rivière, que si l'on ne trouvait pas des eaux de sources en quantité suffisante.

Plus tard fut démontrée dans l'Album de Thiers, la supériorité des eaux de nos sources de montagne, sur celles qui auraient stagné dans l'étang des Prades.

Le public à son tour a jugé ; il a stigmatisé les eaux de Grenouillères, de Cr..... plus ou moins métis.

Outre leur impureté, il est reconnu qu'en été, les eaux dérivées d'une rivière ne peuvent descendre à dix degrés, température exigée pour leur potabilité, qu'après avoir parcouru une distance de huit à dix kilomètres dans un aqueduc abrité de la chaleur exté-

---

(1) Voir la délibération du 27 décembre 1861. Nous regrettons que sa longueur ne nous permette pas de l'insérer en entier.

(2) Ce ne peut être que des eaux de sources dont on voulait parler.

rieure ; celui proposé ne serait pas dans ces conditions : les eaux n'arriveraient pas à la ville suffisamment refroidies en été, ni limpides en temps de pluies.

M. Arago a fait des expériences qui démontrent, que le repos de l'eau dans un réservoir, même pendant dix jours, ne saurait lui rendre sa limpidité.

Le système proposé nécessiterait donc des bassins de repos, des filtres immenses et doubles, afin que l'un des deux pût fonctionner pendant qu'on nettoierait ou réparerait l'autre. Dans ces conditions, s'il était possible de séparer de l'eau, les principes qu'elle tiendrait en *suspension*, son trajet au travers du sable ne lui enlèverait pas les principes qu'elle pourrait contenir en *dissolution*.

Au reste, les filtres artificiels, surtout lorsqu'ils ont à opérer sur de grandes masses d'eau, sont loin d'être parfaits ; ils exigent des frais considérables d'établissement et d'entretien quotidien.

L'on estime que l'*intérêt seul* du capital dépensé (non compris ce capital) et les déboursés journaliers, s'élèvent à 8 francs par chaque mille mètres cubes d'eau, en opérant d'après le chiffre de la proposition faite au conseil sur quatre mille mètres cubes, ce serait par jour 52 francs (pour 565 jours), soit 11,680 francs de dépenses annuelles, que s'imposerait la ville de Thiers pour les filtres seulement, outre le capital dépensé pour l'établissement.

Nous verrons plus loin, que Saint-Étienne a dépensé plus de 3,200,000 francs, pour remplacer par des eaux de sources, les eaux du Furens; et, puisque l'on a tant cité, prôné même l'exemple de cette ville, on s'empressera sans doute, de profiter de la leçon qu'elle nous a donnée à cet égard.

Les eaux dérivées conviendraient moins pour l'alimentation des chaudières à vapeur, à cause de leur impureté, et des sels corrosifs qu'elles contiendraient en plus grande quantité que les eaux de sources.

Quant au lavage des rues, leur déclivité le rend peu utile ; quant aux lavoirs publics, il en existe de très-commodes sur les bords de la Durole.

Nous avons des sources, réparons-en et faisons-en respecter les conduites pour éviter les fuites, et après avoir loyalement indemnisé les propriétaires d'autres sources placées à peu près dans la même direction, *et qui seront le moins utiles aux habitants ou à l'agriculture, captons celles qui conviendront mieux.*

De cette manière, nous obtiendrons des eaux abondantes et pures, pour une population bien plus nombreuse que la nôtre.

Plus tard, on pousserait l'exécution des conduites plus loin, en remontant d'une station à une autre, au fur et à mesure des besoins et des ressources de la ville.

L'Administration en prévision de l'avenir, donnera assurément, au radier de l'aqueduc principal, une capacité convenable à toutes les éventualités d'augmentation probable du volume d'eau.

Mais, dira-t-on, les savants ne sont pas d'accord ; il en est qui idolâtrent les eaux de rivières ; d'autres, il est vrai, combattent en faveur des eaux de sources.

Il faut bien, répondrons-nous, que les savants émettent des systèmes opposés, autrement ils seraient privés des agréments de la discussion, et nous ne profiterions pas nous-mêmes des belles idées qu'elle leur inspire. Malgré leur besoin de systèmes, pas un d'entr'eux n'a élevé la voix en faveur des eaux d'étang ayant séjourné sur de la boue peuplée d'insectes, de reptiles, de détritus de toute espèce.

Nous n'essayerons pas de vider, d'analyser les débats qui ont eu lieu récemment dans une illustre assemblée ; il nous suffit de savoir, que nos eaux de sources n'ont pas la même rudesse et les effets de celles des vallées de Maurienne, du Grésivaudan au-dessus de Grenoble, de Volnavey (1), ou d'autres que nous pourrions citer.

Nous les utilisons loin de leur point d'émergement ; les autres eaux que nous pourrons obtenir sont encore plus éloignées, et l'on sait que, plus les eaux de sources sont utilisées loin de leur point d'émergement, plus elles deviennent salutaires ; que par exemple, les sources de Fontanas seraient meilleures pour l'alimentation de Royat, Chamalières, Clermont, que celles de Royat.

En conséquence, toutes nos eaux de sources peuvent nous arriver suffisamment aérifiées, et débarrassées de tous principes peu bienveillants. Au surplus, d'après les analyses, il est reconnu que les eaux des sources qui dominent la ville, sont naturellement de bonne qualité.

Pour les perfectionner mieux encore, l'Administration fera sans doute établir des regards hors de terre

(1) Au pied des Alpes, où la crudité des eaux a rendu le goître et le crétinisme endémiques.

et peu distancés; ils seraient pourvus de barbacanes que nous nommerons *aspirantes*, et qui permettraient à des courants d'air de circuler sur la nappe d'eau du radier des conduites; la pente serait ménagée dans chaque tronçon ou section d'aqueduc, afin de faciliter les plus hautes chutes possibles, de *cascatelles* souterraines successives, dans chaque regard ou château-d'eau.

Alors, sans avoir besoin d'établir des batteuses d'eau artificielles, nous aurons obtenu les meilleures eaux potables qu'un grand centre populeux puisse désirer, et cela au meilleur marché possible de construction et de frais d'entretien. Depuis longtemps, nous avons personnellement fait l'expérience probante, du moyen que nous proposons pour améliorer les eaux de sources.

Ainsi, selon nous, doit être résolue la question d'alimentation de notre cité, et non point par l'emploi quelconque de dérivation des eaux d'un étang, exigeant une coûteuse préparation; et non point par une *dérivation, un virement anticipé* de fonds communaux non encore votés, indispensables à l'acquisition et à la conduite d'eaux limpides; et non point encore par de lourds et durables impôts sur les quatre contributions, ou une augmentation des droits d'octroi, fonds qu'on voudrait employer à l'édification d'un dangereux barrage.

En conséquence, le conseil municipal, la population, feront bien de persister à refuser en même temps, et le barrage, la dérivation, le virement et les impôts, et de se rendre en masse à l'enquête, pour protester hautement, au cas où l'on pousserait jusqu'à cette extrémité,

CHAPITRE XIII.

Barrages de Saint-Etienne et d'Annonay.

Benè est, sed non est hic locus.
Ce qui peut convenir ailleurs, ici n'a pas
de raison d'être.

————◆————

Les barrages de Saint-Etienne et d'Annonay, les intentions principales qui ont motivé leur exécution et le choix des emplacements, n'ont point d'analogie avec ce qui a été projeté à Thiers.

Il n'y avait donc pas lieu d'exalter comme on l'a fait ces deux exemples, pour influencer l'opinion publique en faveur du barrage impopulaire de Thiers.

Dès le mois d'août dernier, la nouvelle était répandue ici, que les usiniers de ces deux villes, étaient enchantés de la manière avec laquelle fonctionnait leur réservoir respectif; qu'ils avaient des actions de grâce à rendre à leurs communes, pour les sacrifices considérables qu'elles avaient faits, dans le but de favoriser les industriels de leurs vallées.

Cependant le barrage de Saint-Etienne n'est pas encore achevé, et la première pierre de celui d'Annonay n'a été posée solennellement par M. le Préfet de l'Ardèche, que le 5 octobre dernier; il ne fonctionnera probablement pas avant trois ans.

Afin de ne pas confondre les situations et les circonstances qui concernent spécialement chacun de ces barrages, nous en examinerons séparément les conditions les plus essentielles. Lorsqu'elles seront bien connues, ces deux moyens d'entraînement par l'exemple, ne pourront plus être invoqués.

1°. Jusqu'ici la ville de Saint-Etienne avait été alimentée par les eaux du Furens; cette boisson lui déplaisait et présentait de graves inconvénients; elle a préféré dépenser des sommes considérables pour se procurer des eaux de sources.

2°. La ville de Saint-Etienne avait aussi besoin d'eaux, pour nettoyer ses égouts, ses rues et ses places publiques; ces dernières sont noircies par les gaz ou poussières de houille, qui partout s'introduisent et déposent sous toutes les formes.

3°. Par suite des inondations, cette ville avait subi des pertes considérables, surtout en 1849, où les eaux du Furens s'étaient élevées à une hauteur de plus d'un mètre, dans une partie de la ville.

Pour atteindre un triple but utile, l'édilité de Saint-Etienne a fait l'acquisition des sources du mont Pilat, dont les eaux étaient le *principal aliment* de la rivière du Furens; à l'avenir elles serviront à l'alimentation des fontaines de *la ville*. — Le premier but sera ainsi atteint.

Le second le sera aussi, au moyen du barrage, qui devra fournir les eaux nécessaires au lavage et nettoyage des rues, places et égouts; elles seront conduites à la ville au moyen d'un canal à grande section placé en aval des robinets, et qui se prolongeant en amont du barrage, ira plus loin se ramifier dans la partie haute de la montagne, pour y recueillir les sources du mont Pilat, au point même d'émergement.

Le barrage obviera au troisième inconvénient, celui des inondations. Une tranche d'environ un tiers de la capacité du réservoir devra rester vide, pour attendre en cet état les éventualités des crues. Comme on le voit, la ville de Saint-Etienne prélève à son profit les avantages qui peuvent résulter de cet établissement, l'industrie ne vient qu'en quatrième ligne. L'on a pensé que les usiniers, pourvu qu'ils eussent assez d'eau pour alimenter des chaudières à vapeur, n'auraient point à se plaindre du nouvel état de choses, puisque au moyen de la vapeur leurs machines fonctionneraient, tandis que les habitants de Saint-Etienne ne pourraient au moyen de la vapeur étancher leur soif, laver leurs places, leurs rues, leurs égouts. De cette manière tous les intérêts obtiendront satisfaction.

Si nonobstant la tranche vide, nonobstant tous les prélèvements privilégiés, il reste de l'eau au cours du Furens, les usiniers en profiteront.

Et dans le cas où ils désireraient de ne presque pas chômer, on leur permet d'aller à *leurs frais* construire plus haut un autre barrage, capable d'emmagasiner une quantité d'eau excédante, qui probablement tombera ou ne tombera pas chaque année, sur la surface de la totalité du bassin du Furens, distraction faite de l'évaporation.

Au reste, il y avait nécessité que les choses fussent ainsi: l'on a établi le principe que la ville reste maîtresse absolue des sources du Furens, du barrage, du cours d'eau, de sa direction et réglementation, sans que les industriels aient à élever aucunes prétentions à cet égard. — On donne néanmoins à ceux-ci comme *compensation*, nous devons le reconnaître, des eaux du Furens qu'on lui enlève, l'excédant des eaux du barrage, et une recette pour emmagasiner éventuellement à leurs frais, une quantité déterminée d'eau.

Telles sont les gratifications que le Gouvernement, que Saint-Etienne ont faites aux usiniers; il nous étonnait d'entendre parler des sacrifices de cette ville en faveur de quelques-uns, lorsqu'elle aurait comme nous, à couvrir ces sacrifices au moyen d'impôts frappant sur tous, et qu'elle a à sa charge tant d'autres dépenses légitimes, et qui doivent tourner au profit de ceux qui paient, de la généralité de ses habitants patentés, propriétaires, ouvriers, etc.

Le remarquable rapport de M. l'ingénieur Graëff (1), est parfaitement explicite; nous en extrayons ou résumons les passages qui peuvent conduire aux appréciations, nécessaires à l'élucidation de la question qui nous occupe.

« Le Furens en 1849 a inondé Saint-Etienne, dit M. Graëff, les jaugeages que nous avons fait faire l'été dernier (1857), ont établi que les sources de cette ri-

----

(1) Résumé et extraits du rapport de M. Graëff, ingénieur en chef de la Loire, sur les fontaines de Saint-Etienne. — 6 février 1858.

vière, suffisent pour alimenter Saint-Etienne, à raison de 10 millions de litres cubes d'eau par jour, à cent litres pour chacun des 1,000 habitants.

» C'est dans la vallée du Furens, que doit être placée la conduite des eaux de sources supérieures, déjà en réputation du temps des Romains, et qui désormais sont destinées à *remplacer les eaux malsaines*, qui arrivent aujourd'hui à Saint-Etienne, *chargées de matières organiques et de résidus des usines*.

» L'idée de construire dans la vallée du Furens un ou plusieurs réservoirs (1), qui pussent en retenant les crues, emmagasiner de quoi rétablir pendant l'étiage, le débit que les usines trouvent aujourd'hui dans le Furens, a paru équitable.

» Si ces retenues pouvaient en même temps, être disposées de manière à mettre Saint-Etienne à l'abri des inondations comme celle de 1849, la question serait résolue de la manière la plus complète, au point de vue élevé que comporte l'intérêt général.

» Nous avons la satisfaction d'annoncer, que cette solution est obtenue au moyen d'un seul réservoir, à établir au *Gouffre d'Enfer*, partie très-rétrécie du Furens. »

Après avoir exposé des calculs servant à démontrer qu'il *restitue* à l'industrie la somme des eaux que les fontaines lui enlèvent, et avoir expliqué qu'il peut

---

(1) Le barrage de Saint-Etienne a 50 mètres d'élévation, 44 mètres d'épaisseur à sa base au-dessus des fondations ; il est à 700 mètres d'altitude au-dessus du niveau de la mer.

en être de plus recueilli QUI TOMBENT ANNUELLEMENT 1,310,600 mètres; M. l'ingénieur ajoute :

« Il serait possible de les retenir dans un autre réservoir, qui serait en amont du premier, et qui aurait une contenue totale à peu près égale à celle de celui-ci.

» Cette retenue servirait à donner, pendant les deux mois d'août et de septembre, à très-peu près, ce qui manque aux usines pour marcher avec leur eau normale, calculée sur une consommation de 50 mètres (soit 500 litres par seconde), ce qui nécessiterait 1,408,032 mètres.

» Cette amélioration du régime des usines, dit M. Graëff, *ne regarde évidemment que l'industrie, et si ce nouveau réservoir est exécuté sur le Furens, ce sera sans doute aux frais des propriétaires d'usines; nous ne le mentionnons donc que pour mémoire.* »

D'après ce qui précède, on peut comprendre que, moyennant 14 ou 15 cent mille francs de dépenses personnelles, il dépendrait encore des originalités atmosphériques de faire, que les usiniers pussent arriver à compléter le débit nécessaire à leurs usines. Les quantités journellement prélevées pour les rues, places et égouts, viendraient encore abaisser le chiffre disponible pour les usiniers.

Telle est donc la vraie situation.

La ville reste maîtresse absolue des eaux de ses sources et de son barrage; celui-ci *plein*, pourra contenir 1,900,000 mètres cubes d'eau, aura constamment une tranche vide de 600,000 mètres pour attendre les éventualités des crues dommageables.

La réserve normale se trouvera réduite à 1,500,000 mètres cubes pour subvenir aux besoins de la ville d'abord, et, secondairement à ceux des usines.

D'après d'autres renseignements authentiques (1), les travaux des fontaines qui n'ont, sauf la connexité du canal, d'autre rapport avec ceux du barrage, sont à la charge exclusive de la ville, et s'élèvent à 3,270,000ᶠ

Les travaux du barrage atteindront au moins le chiffre de. 1,400,000ᶠ

L'État, sous le titre de *dé-fenses* contre les inondations de la ville de Saint-Étienne, a accordé une subvention de 570,000ᶠ

Ce qui réduit les frais pour la ville à. . . . . 850,000ᶠ, ci 850,000ᶠ

Cette ville aura dépensé pour les fon-taïnes ou son barrage, au moins. . . . 4,100,000ᶠ

Comme les travaux ne sont pas achevés, il y a lieu de croire que les dépenses seront un peu plus élevées.

« *Les particuliers*, nous dit une des notices, *n'en-trent pour rien dans ces travaux ; la ville aura le droit de disposer des eaux qu'elle va emmagasiner, sans que les usiniers de la vallée puissent en rien prétendre à leur usage.*

» L'on dit que le barrage de Thiers serait avant tout un barrage industriel, destiné à augmenter la force motrice des usines de la vallée.

---

(1) Notices et lettres de fonctionnaires qui méritent, sous tous les rap-ports, une confiance illimitée, 1865.

« D'après ce que je viens d'expliquer, ajoute cette notice, tel n'est pas le but de celui du Furens ; ici l'on se propose, *avant tout*, de préserver la ville de Saint-Étienne contre les inondations, et d'assurer à notre centre populeux une réserve d'eau, qui pourra *être employée à sa convenance*, soit pour améliorer le régime du Furens, soit pour le lavage des rues, des places et des égouts de la ville. »

On voit par ce qui précède que si la quantité qui sera laissée, après la satisfaction de tous les services de la ville, ne paraît pas suffisante aux usiniers, et qu'ils désirent atteindre à un débit plus considérable, on les gratifie d'un moyen, qui consiste à se *cotiser* pour la construction à leurs frais d'un nouveau barrage, et à couvrir une dépense de 14 à 15 cent mille francs, peut-être relativement infructueuse. Il n'y a donc aucune analogie entre notre projet et celui sur lequel nous venons de donner quelques détails.

Nous résumerons ainsi la dissemblance des deux situations, afin qu'elle soit bien comprise par tous :

1°. Le lac de Saint-Étienne est situé comme celui de Saint-Féréol dans une gorge profonde, dite *Gouffre d'Enfer* sous *roche-taillée*, et non point sur une plaine limoneuse ainsi que celui du projet de Thiers.

2°. Il est évident que les motifs déterminants de toutes les dépenses de Saint-Étienne, ont été le remplacement de ses eaux d'alimentation, et la crainte des inondations dommageables. Comme Saint-Étienne, nous devons rejeter les eaux de rivière, et aller capter des eaux de sources ; comme cette ville nous n'avons pas à redouter les inondations.

3°. Nous ne devons point ainsi que Saint-Étienne à nos usiniers, *une compensation*, *une fiche de consolation*.

Nous ne détournons pas les sources et autres eaux de notre rivière pour l'alimentation de la ville.

Nous n'avons donc rien à restituer aux usiniers de notre vallée. Nous n'enlevons à leurs établissements aucuns des avantages dont ils jouissaient au moment de leur fondation.

BARRAGE D'ANNONAY.

Il n'y a pas lieu non plus pour nos usiniers d'invoquer des motifs de similitude entre le barrage d'Annonay et celui projeté à Thiers.

Comme le barrage de Saint-Étienne, celui d'Annonay a des raisons d'être, qui diffèrent essentiellement de celles ici invoquées.

Nous avons vu qu'à Saint-Étienne, le réservoir serait à la disposition exclusive de la ville ; à Annonay les usiniers y auront droit, mais après le prélèvement nécessaire aux fontaines de cette ville, aux lavages des rues, places et égouts, à la vente des eaux aux particuliers, et encore sous la condition d'une forte contribution proportionnelle.

Afin que l'on ne puisse douter des faits et appréciations que nous énonçons, nous ferons un résumé et donnerons des extraits du rapport de M. l'ingénieur chargé des travaux (1), et aussi d'autres notices

(1) Rapport officiel de M. Bouvier, 14 avril 1860.

et correspondances émanant de personnes dignes de foi (1).

« D'après la somme des eaux d'alimentation, détournées pour les fontaines des ruisseaux de Ternay affluent de la Deume, dit M. Bouvier (2), cette dernière rivière torrentielle qui coule à Annonay, *eût pu être à sec* pendant deux ou trois mois de l'année.

» Pour son alimentation, le remplacement approximatif de la somme des eaux par elle dérivées, la ville d'Annonay a décidé l'établissement d'un magasin d'eau sur le ruisseau de Ternay.

» Entre cet affluent et Annonay on compte, dit l'ingénieur, 74 usines, dont 49 mégisseries ou fabriques, où l'on prépare les peaux, 7 papeteries, 8 moulins à farines, et 5 fabriques diverses, dont l'ensemble représente un mouvement d'affaires de 25 millions, faisant vivre 2,500 ouvriers.

» A côté de ces avantages, le voisinage de cette rivière présente ses dangers et ses inconvénients; après les orages, notre *impétueux* torrent ravage les propriétés riveraines et les riches matières renfermées dans les usines, inonde une partie de la ville, etc.

» Les autres fabriques peuvent employer des moteurs mixtes, l'eau et la vapeur, mais la mégisserie emploie nécessairement beaucoup d'eau pour les lavages; lorsque la Deume est d'un faible débit, les eaux sont

---

(1) Le contenu de ces pièces est authentique. *La dénégation des faits qu'elles constatent est impossible.*

(2) Extrait du rapport précité.

bientôt salies par les matières colorantes des usines
supérieures, les égouts, etc., et déterminent sur les
peaux soumises à son action, une fermentation dangereuse.

» Chaque année, *la santé publique est gravement
compromise à Annonay par cet état de choses; le faible cours de la rivière roule une boue noire et fétide,
qui donne lieu à des exhalaisons malsaines, et dé-
termine des fièvres typhoïdes qui déciment la population.*

» Pour obvier à ces inconvénients, la ville d'Annonay
a jugé utile de construire un barrage de 33 mètres de
hauteur; il pourra emmagasiner 2,300,000 mètres cubes d'eau; une tranche capable de contenir 1,100,000
mètres, doit rester vide pour attendre les éventualités
des crues subites, et retenir les quantités dommageables; il restera donc 1,200,000 mètres cubes dans le
réservoir.

» L'emplacement choisi a été une vallée *étranglée*
entre des rochers granitiques compactes, s'élargissant
un peu au-dessus dans *un bassin presque entièrement
composé de bois et de prairies, circonstance* qui fait
que le cours d'eau ne charriera pas de matières capables
d'envaser le fond du réservoir.

» Le débit réglementaire serait de 400 à 450 litres
à la seconde.

» La ville pourra, comme à Saint-Etienne, vendre en
aval du barrage une chute d'eau considérable, devant
servir à l'établissement d'un groupe d'usines. »

Le barrage de Ternay, nous dit une notice, est estimé à 770,000ᶠ

L'Etat intervient pour deux tiers de
500,000 f., soit 533,534ᶠ

La ville pour un tiers, soit . 166,666

Trois usiniers pour 270,000
_____
770,000ᶠ

Somme égale 770,000ᶠ

La ville emprunte au Crédit foncier 437,000 fr., soit la somme de ses dépenses propres, et aussi celle qu'elle avance pour les usiniers.

Le remboursement doit s'opérer en 20 années, à raison de 35,000 francs par an, *intérêts compris*, soit 700,000 francs en totalité; les trois usiniers paient à la ville pendant la même durée de temps, 22,000 f. par an, soit 440,000 francs intérêts compris, pour se libérer des 270,000 francs avancés.

MM. les frères Montgolfier de Grosberty, Laurent de Montgolfier, successeur de feu M. de Canson, et M. Joannet, seuls sont engagés envers la ville, pour le paiement des 22,000 francs par an (1).

Comme sans doute il ne paraît pas équitable, disent d'authentiques renseignements, que ces trois usiniers subissent seuls la dépense, et que les autres n'ont offert que des contributions ridicules; plus tard, les trois contribuants provoqueront du Conseil d'Etat, un règlement d'eau, qui leur permettra de placer un vannage, devant

_____
(1) Quant à l'entretien, ou paiement annuel des impôts, des terrains occupés et aux cas imprévus, il n'est pas expliqué à qui doivent en incomber les frais.

chacune des prises d'eau des usiniers non contribuants, pour ne laisser entrer dans leur canal qu'une quantité d'eau, égale à celle que débiterait la rivière, si le barrage n'existait pas.

Ainsi du moment où ceux-ci refuseraient de payer la plus-value, il serait pris des mesures pour qu'ils ne pussent pas profiter des eaux qu'ils étaient sensés obtenir, en compensation de celles que leur enlevait l'alimentation des fontaines publiques et particulières.

De l'exposé qui précède il résulte ce qui suit (1):

1°. Ainsi que Saint-Etienne, Annonay avait besoin d'eaux pour alimenter sa population, laver les places, les rues, les égouts.

2°. Cette ville devait réellement obvier aux inondations.

5°. Son torrent de la Deume descendait en été à 80, 50 et même à 15 litres de débit par seconde.

4°. La santé de ses habitants était chaque année compromise à cause des déjections, des détritus, provenant de la préparation des peaux dans les mégisseries.

5°. Equitablement elle devait une compensation aux usiniers auxquels elle enlève une assez grande quantité d'eau.

Il est facile de comprendre qu'il n'existe aucune ressemblance entre la situation de Thiers et celle d'Annonay.

(1) Nous n'avons point quant à présent, à nous prononcer ici sur l'équité et la légalité de ces mesures, dans la crainte de contrarier les personnes qui nous ont donné des renseignements, et aussi pour ne pas préjuger la question.

1°. Thiers ne doit point tirer de la Durole les eaux de son alimentation.

2°. Il n'est nul besoin ici d'obvier aux inondations.

3°. Notre rivière se maintient à un débit beaucoup plus élevé que celui de la Deume.

4°. Nous n'avons pas à craindre des déjections de mégisseries, ni des fièvres typhoïdes, etc., que le manque d'eau engendre à Annonay.

5°. La ville de Thiers, nous le répétons, ne doit aucune compensation aux usiniers de la vallée.

Au surplus, si Saint-Etienne n'a rien promis aux usiniers de sa vallée, Annonay promet de l'eau moyennant une contribution, mais c'est après avoir aussi exercé un *prélèvement régulier*; s'il y a pénurie d'eau, elle pèsera sur les industries des deux vallées.

Ces deux villes pourront récupérer une partie de leurs avances, 1°. par la vente de l'eau aux habitants, 2°. et aussi par la cession de terrains et chutes en aval de leurs barrages.

Quant au premier de ces avantages, les usiniers d'Annonay pourraient observer, qu'il leur paraît peu juste qu'on leur enlève l'eau dont ils avaient déjà si peu, qu'on la vende en partie, et qu'on exige d'eux l'acquisition d'eaux conservées, et en quantités éventuelles.

Ceux de Saint-Etienne, que réellement on prive aussi d'une partie de leur moteur, eux ne paient rien pour profiter d'un excédant aléatoire.

Au reste, ce n'est pas à nous d'examiner, si les compensations qu'on offre aux uns et aux autres, sont ou non équitables; mais nous aurions le droit de demander, si ou non la vente des chutes sous le barrage a été portée en ligne de compte, pour aider à solder les dépenses de celui de Thiers, ou bien si les premiers occupants devaient en profiter comme d'une petite faveur ; à cet égard, pour diminuer le nombre de nos adversaires ou les attiédir, il est dans l'intérêt de notre cause de dissiper une illusion, un rêve.

Cet avantage auquel jusqu'ici nous avons lieu de croire qu'on n'a pas profondément réfléchi, serait dans tous les cas *très-éphémère*, puisque pendant tout le temps où, sans le concours de la Semaine, la Durole et ses autres affluents suffiraient aux usines, pendant qu'enfin s'opérerait l'emmagasinement total des eaux de la Semaine, les chutes dont on eût pu se promettre de profiter en aval du barrage ne fonctionneraient pas, ni aussi les moyens d'irrigation de mauvaises terres dont on ferait des prés, avait-on dit, au moyen d'une espèce de machine de Marly.

Il n'entre probablement pas non plus en ligne de compte au devis, le trop plein du déversoir supérieur qu'on pourrait espérer de voir servir à l'irrigation d'autres terres transformées en prairies.

Cependant, lorsqu'on entreprend de si fortes dépenses, il serait utile de ne pas négliger de profiter de ces avantages en compensation.

Ce moyen de récupérer une petite part de ces dépenses devait nous échapper, car nous ignorons si, à cause de leur minime valeur, on a omis de les énumérer et chiffrer au devis.

Le moment n'est pas encore venu, où, après expérience, on pourra se prononcer sur les utilités ou les inconvénients des barrages de Saint-Etienne et d'Annonay; mais, dans tous les cas, les usiniers ne peuvent en retirer que de minimes avantages.

Quoi qu'il en soit, il devient peu équitable, il est même fastidieux qu'on ne se lasse pas de harceler la ville, de harceler le Gouvernement, de menacer les usiniers opposants de les frapper par l'application de la loi de 1807; d'inquiéter la montagne, la vallée, le faubourg du Moutier, la plaine et la ville, tout le monde enfin, tous les patentés, propriétaires, habitants des trois communes (1) où sont situées les usines, et qui seraient appelés à contribuer proportionnellement, et cela pour faire aboutir un projet désormais condamné, dont les étais sont tombés un à un, lorsque de tous côtés surgissent des obstacles insurmontables.

Il est donc incontestable que tout ce qui serait fait ici à l'avantage des usiniers, doit être payé par les usiniers, et que les éventualités malheureuses de la construction devraient être et rester sous leur responsabilité personnelle.

(1) Thiers, Saint-Remy, Celles.

CHAPITRE XIV.

De diverses améliorations possibles.

———◈———

Dans notre lettre à **M.** le Ministre du commerce du 7 septembre 1862, nous annoncions à son Excellence, que nous aurions l'honneur de proposer à son initiative, certaines améliorations pratiques peu coûteuses et sans dangers; nous allons en indiquer quelques-unes:

La manufacture de Thiers a désormais à lutter contre la concurrence de l'Angleterre; espérons qu'elle n'aura pas à combattre encore ni directement ni indirectement par la voie anglaise ou belge, celle de la Prusse, la plus dangereuse pour nous de toutes les concurrences.

Pour atténuer autant que possible la situation qu'a créée le nouvel état de choses, peut-être serait-il salutaire de proposer quelques mesures:

1°. Au moyen de petites primes on pourrait encourager le prompt établissement de turbines, en fixant une époque assez rapprochée, passée laquelle il n'en serait plus accordée.

2°. Si au moyen de primes, on pouvait obtenir que pour servir de modèles et d'exemples, quelques usiniers fissent des travaux d'appropriation, qui permissent aux émouleurs de travailler droits ou assis, l'on aurait bien mérité de l'humanité.

3°. La rapide exécution du chemin de fer, faciliterait le transport des houilles de Saint-Étienne, si estimées de nos forgerons, et de celles de Brassac pour l'alimentation des chaudières à vapeur; l'embranchement sur Vichy nous rapprocherait de Paris.

4°. En Angleterre, les ouvriers sont agglomérés dans les mêmes ateliers et travaillent sous l'inspection immédiate des maîtres et contre-maîtres; les matières premières, les houilles mêmes sont extraites de mines rapprochées des fabriques.

La constitution de notre manufacture n'offre pas ce moyen de surveillance, qui est une des conditions indispensables d'une fructueuse manutention.

Nos ouvriers sont disséminés dans les campagnes, ils ont à payer les frais d'un difficile transport des matières premières et de leurs ouvrages, lorsqu'ils ne les transportent pas eux-mêmes sur leur dos, en faisant des trajets d'aller et de venir qui varient entre deux et trente kilomètres (1).

Cependant, il faut l'avouer, la viabilité communale, qui anciennement avait été négligée, laisse encore beaucoup à désirer pour l'agriculture et l'industrie; dans les communes circonvoisines, il faudrait des che-

(1) Une enquête récente a démontré qu'il arrive quelquefois que des forgerons vont pendant l'hiver, à plusieurs kilomètres de distance de leur domicile, s'approvisionner de houille, et la transportent sur leurs épaules, faute de chemins viables.

mins rayonnant de Thiers aux points les plus centraux
de la main-d'œuvre, et ensuite un réseau qui relierait
l'extrémité des rayons, comme un chemin de ronde,
pour permettre aux fabricants et contre-maîtres d'o-
pérer leurs tournées autrement qu'à pied, et par des
espèces de chemins que fréquentaient les muletiers il y
a plusieurs siècles.

5°. Il serait nécessaire aussi qu'un chemin de service
fût construit à peu de frais, du Boût du Monde au Chêne
rond, n'eût-il que deux ou trois mètres de largeur, avec
des gares d'évitement à chaque anfractuosité des rochers, afin que les voitures pussent se croiser.

Au moyen de cette amélioration, non-seulement les
émouleurs recevraient leurs meules auprès des usines,
et n'auraient plus à exécuter des manœuvres Sisy-
phiennes, mais encore les fabricants pourraient circuler
d'une usine à l'autre, sans avoir à monter au cordon-
route n° 89, pour redescendre de nouveau, à chaque
rouet où ils ont à visiter la confection de leurs lames.

6°. La facilité de la correspondance postale est aussi
un essentiel moyen d'action; elle mettrait en communication journalière les maîtres et les ouvriers; la fabrique et le fisc trouveraient leur avantage à ce que le
port des lettres fût ramené à la taxe de 10 centimes,
pour toute la circonscription manufacturière.

7°. Les eaux de notre rivière peuvent suffire aux
besoins de notre fabrique; il serait dans tous les cas
facile d'en augmenter le volume.

Quelques coups de pioches ont alternativement fait
descendre dans le Forez ou l'Auvergne la fontaine de

la Vierge de l'Ermitage. Si réellement le Forez y a des droits, ils ne sauraient être considérables.

Au moyen d'indemnités l'on satisferait aux demandes légitimes des propriétaires lésés. Nous n'avons pas, en ce moment, à nous prononcer sur cette question de droit.

8°. Autant que possible nous devons employer pour nos tranchants, les aciers naturels ou corroyés préférables à ces aciers de suspecte origine, dits fondus, ou pudlés, fabriqués avec de vieux clous, serrures, marmites rouillées, quoiqu'ils prennent mieux le poli que les premiers (1).

Tout instrument de première nécessité doit avant tout, remplir le but auquel il est destiné; le brillant, le luxe ne sont pas à dédaigner, mais selon nous, il sont des accessoires secondaires, des moyens de consommation qui induisent en erreur les acheteurs, si la bonne qualité d'un couteau ne correspond pas à son apparence.

Telles sont les améliorations qui en ce moment seraient praticables, avec l'aide de l'Administration ; nous nous estimerons heureux de les avoir signalées, si cette circonstance les fait mettre à l'étude et surtout en pratique.

(1) La différence est expliquée dans notre Histoire de la fabrique de coutellerie de Thiers, qui sera incessamment publiée. — Note de l'auteur.

CHAPITRE XV.

Conclusion.

Gardez-vous bien d'avoir jamais *trop raison*
devant les hommes ; vous priveriez leur amour-
propre de la satisfaction d'avoir su découvrir
la vérité ; ainsi vous les porteriez à inventer de
mauvais moyens pour vous contredire.

Souvenir d'une des maximes de notre précepteur.

———⊙———

L'importance des intérêts qui nous ont été confiés,
nous a empêché de tenir compte de la leçon par nous trop
souvent oubliée, que contient l'épigraphe de ce chapitre.

Nous avons obéi à un impérieux devoir, en démon-
trant jusqu'à l'évidence que le barrage est inutile,
dangereux et ruineux sous tous les rapports ; que ceux
qui croient y avoir intérêt, devraient dans tous les cas,
pourvoir au paiement des frais des indemnités de la
construction, de l'entretien de cet établissement, et
assumer sur eux toute la responsabilité des conséquences qui y seraient relatives.

Nous avons en outre prouvé l'inanité des chiffres,
des motifs et des exemples produits contre les intérêts
des propriétaires ruraux et industriels, enfin contre

les intérêts généraux de notre centre manufacturier.

Si par impossible une enquête avait lieu, les patentés de toutes les professions, les propriétaires, les loca-
taires, les rentiers, les ouvriers de la ville et de la campagne, les hommes sages et prévoyants des communes
de Thiers, Saint-Remy, Celles, Viscomtat, Arconsat, etc., assurément protesteraient de nouveau contre cette malencontreuse entreprise, contre les sur-
charges considérables et perpétuelles d'impôts directs
ou de droits d'octroi qu'elle nécessiterait, et les conseils
municipaux des trois communes intéressées refuseraient
leur adhésion.

Cependant, nous a-t-on dit, si l'Empereur vient de
Vichy faire à Thiers une promenade, il est probable
qu'on obtiendra de Sa Majesté la promesse d'une considérable subvention; il aura bientôt brisé tous les obstacles, et ne s'arrêtera devant aucune observation ni
réclamation.

Nous ne sommes point découragé par cette vaine
menace; nous savons que lorsque l'Empereur parcourt
les provinces de l'Empire, qu'il vient en quelque sorte
y tenir des GRANDS JOURS à lui tout seul; il s'enquiert
des *plaintes* et des *vrais* besoins des populations, se
rendant accessible à tous, même aux plus humbles, et
non point seulement à quelques-uns plus ou moins
privilégiés par leur position ou autrement.

Nous lui répéterions ici ce que nous lui avons écrit (1).

---

(1) Voir aux Notes et Pièces justificatives E.

Il reconnaîtrait que les personnes isolées, qui à Vichy ont, à propos du libre échange avec l'Angleterre, sollicité de la munificence de Sa Majesté une subvention considérable, étaient dans une grave erreur (1), la baisse des prix de l'émouture n'atteindrait aucun but utile et ne serait pas réalisée.

Assurément, Sa Majesté et son ministre comprendront notre situation, dont une récente circonstance a révélé les inconvénients.

En conséquence, presque tous nos concitoyens sont convaincus, que très-incessamment, il leur sera donné la plus formelle garantie de *l'abandon définitif* du projet de barrage.

C'est le seul moyen de mettre un terme aux appréhensions du pays, à la dépréciation d'une quantité considérable de propriétés, à la répulsion des ouvriers émouleurs pour leur profession, et en même temps à des espérances peu fondées en droit et en équité.

(1) Quant au libre échange, si l'expérience démontre à Sa Majesté l'Empereur, que les grands principes d'économie politique, qu'il a de concert avec l'Angleterre essayé d'*universaliser*, n'obtiennent pas tout le succès d'*entraînante impulsion générale* qu'il a espéré, nous avons en la fécondité de son intelligence assez de confiance, pour croire qu'il saura employer les réactifs nécessaires : en attendant ayons confiance. Diplomate consommé, S. M. Napoléon III ne lance pas un ballon d'essai, sans en retenir dans sa main les solides cordages, afin de le mieux gouverner, s'il s'apercevait qu'il suit une direction dangereuse. Nous ne pouvons ici expliquer notre pensée qu'avec une discrète obscurité, car les économistes étrangers épient nos tendances; il nous suffit d'être compris de ceux qui peuvent avoir quelque influence sur les destinées industrielles de l'Empire. — Note de l'auteur.

10

Une nombreuse et anxieuse population espère qu'en haut lieu, l'on n'oubliera pas qu'elle attend avec confiance un grand acte de justice, et que si l'espérance est pour les hommes une consolante illusion, l'incertitude est la pire des préoccupations.

FIN.

NOTES ET PIÈCES JUSTIFICATIVES.

---·c୧∿ɔə·---

A.

Comité contre le barrage.

Procès-verbal.

Aujourd'hui vingt-quatre août mil huit cent soixante-deux :

Se sont spontanément réunis à la maison de M. Decouson, propriétaire et agriculteur à Thiers, un grand nombre de propriétaires, d'usiniers, fabricants et ouvriers, émus et indignés des démarches plus ou moins patentes, qu'un petit groupe de personnes ont faites en faveur du Barrage, qu'elles ont présenté à l'Autorité comme utile aux intérêts du pays.

L'assemblée a constitué une Commission.

Elle a nommé MM.

Président : Jean-Baptiste-Alexandre Decouson-Verdier, fabricant, propriétaire ;

Membres : David Douris, émouleur, propriétaire d'usine ;

Beaujeu-Bostmanbrun, fabricant, propriétaire d'usine.

Rosserie, François, émouleur, propriétaire d'usine ;

Navarron-Jury, fabricant, propriétaire d'usine.

Maubert, émouleur, propriétaire d'usine ;

Secrétaire : Dessapt-Roche, propriétaire, ancien fabricant.

Cette Commission a été autorisée à prendre toutes les mesures nécessaires pour empêcher l'établissement du barrage.

Fait à Thiers, le 24 août 1862.

Suivent les signatures.

Pétition en 20 exemplaires, adressée à S. Exc. M. Rouher, ministre de l'agriculture, du commerce et des travaux publics,

Le 28 août 1862.

Objet : Opposition au barrage projeté en amont de Thiers.

MONSIEUR LE MINISTRE ,

Jusqu'à ce jour, nous avions considéré le projet d'un barrage à Marchat comme peu sérieux : c'est une utopie, disions-nous.

Nous laissions aux esprits d'un petit groupe de personnes, la satisfaction de se bercer d'illusoires espérances qui leur souriaient sans nous nuire.

Ces personnes n'étant point contredites, croyaient être dans la vérité.

Pendant que nous nous endormions dans une fausse sécurité, par des pourparlers, des démarches, des calculs de fantaisie, l'on obtenait insensiblement les adhésions des conseils et des hauts fonctionnaires de l'État, à qui l'on insinuait, l'on inoculait des idées erronées, leur laissant croire que c'était l'expression de l'opinion générale.

Nous pourrions citer un récent exemple qui l'a prouvé. Ces fonctionnaires, enthousiastes des grandes choses et désireux de cœur du bonheur public, n'ayant jamais lu ni entendu donner des motifs contre cette déplorable et ruineuse entreprise, l'ont jusqu'ici appuyée de toute l'autorité de leur influence.

Nous, plus humbles, n'avons jamais eu la facilité de contredire publiquement.

Le bruit a été répandu que les démarches des quelques partisans du barrage avaient chance d'aboutir.

Aussitôt, les propriétaires, les fabricants et les ouvriers des communes de Thiers, St-Remy, Celles et Viscontat, les émouleurs de la vallée se sont émus ; ils se sont réunis et ont nommé une Commission, qui vous enverra un Mémoire, où il sera prouvé ce qui suit :

1°. Le barrage est désormais *inutile*, ce seul motif est *péremptoire*.

Avec des turbines comme moteurs, il n'y aura plus de chômages, ni d'été ni d'hiver; les rouets ou aiguiseries qui en étaient pourvus ont continuellement fonctionné pendant ces deux dernières années, l'expérience est concluante.

S'il existe quelques bien rares exceptions, l'on doit penser que les usiniers ont monté leurs machines d'un poids ou d'un nombre de rouages, en disproportion avec les forces ordinaires de notre cours d'eau de la Durole.

2°. Le barrage n'obvierait point aux inondations, sa rupture serait possible.

3°. Il apporterait une grande dépréciation aux propriétés des environs à cause des gelées.

4°. Il serait dangereux au point de vue hygiénique.

5°. L'idée de retirer du lac, par une déviation, les eaux nécessaires à l'alimentation des fontaines, a indigné toute la ville, cette idée a victorieusement été combattue; il est très-facile de nous procurer des eaux de sources limpides, sans frais de filtres. Vous reconnaîtrez que tous les moyens ont été employés pour faire réussir un rêve, en rendant la question complexe.

6°. La question financière.

L'on a estimé, dit-on (car pour les adversaires du barrage tout a été tenu secret), à 6 à 700 mille francs, le prix de revient du barrage et des indemnités.

1°. Quant aux travaux, ce serait une exception, s'il ne survenait plus tard des devis supplémentaires.

2°. Quant aux indemnités aux propriétaires, accepteront-ils celles fixées sans leur adhésion?

3°. Il est de l'équité et aussi de l'égalité, que les indemnités doivent s'élever au niveau des pertes réelles à subir.

4°. Les gelées, la perte d'un air pur (nous le prouverons), l'inutilité désormais des granges et autres maisonnages, pourront entrer en ligne de compte.

5°. Qui paiera les frais annuels d'entretien, d'éclusier ou barrager! qui paiera l'impôt des terrains occupés ou délaissés?

L'établissement d'un marais artificiel dans une localité si peuplée principalement d'ouvriers, doit nécessairement donner lieu à des indemnités, puisque les propriétaires voisins des marais, d'étangs qu'on s'occupe presque partout à dessécher, sont appelés à concourir aux indemnités nécessaires à ce résultat d'hygiène utile à l'agriculture, et sont à cause de la plus-value de leurs propriétés, soumis aux prescriptions du

décret de 1807, la moins-value doit donc donner ou-
verture à l'action en indemnité ; ces circonstances por-
teraient le prix de revient de l'exécution d'une mesure
inutile, à plus de 2,500,000 francs.

7°. La Commission aura l'honneur de vous envoyer
un grand nombre d'autres bonnes raisons contre ce
ruineux et dangereux projet de barrage; en même temps
elle expliquera ceux qu'elle indique ici.

Nous demandons que la question soit élucidée; il ne
convient plus qu'on puisse nous induire en erreur ;
nous croyons que les partisans du barrage sont de bonne
foi, mais ils se trompent.

Pour aboutir à un résultat rationnel, Monsieur le
Ministre, veuillez autoriser nos délégués, à faire accep-
ter par les imprimeurs du *Moniteur du Puy-de-Dôme*
et de l'*Album de Thiers*, leurs articles sur cette question d'intérêt public.

Si nous sommes bâillonnés et que nos adversaires
aient le droit d'user seuls de la voie de la presse, la
partie ne saurait être égale.

Quoi qu'ils puissent dire, ils ne changeront pas l'o-
pinion générale du pays; mais leurs articles pourraient
continuer d'influencer les conseils et les hauts fonctionnaires qu'ils ont en outre l'occasion de visiter; il est
temps que ces moyens puissent être balancés par l'emploi d'autres moyens, afin que la vérité soit connue.

Comme contraints, dans l'intérêt de notre cause,
veuillez, Monsieur le Ministre, nous mettre à même,
s'il en est besoin, d'examiner les chiffres et les raisons déjà publiés par les partisans du barrage.

Notre Commission, dans peu de jours, vous fera parvenir son Mémoire.

Nous prions votre Excellence, d'agréer l'expression des respectueux hommages de

Vos très-humbles et très-obéissants serviteurs.

Suivent plusieurs milliers de signatures.

C.

Copie-annexe à la pétition qui précède.

Protestation de propriétaires de prairies dans la plaine de Durole,
sous la ville de Thiers.

Dans la plaine de la Durole, il n'y a de submersible
que des prés ; les personnes dont les signatures sont ici
apposées, sont propriétaires de prés dans cette plaine ;
elles sont indignées qu'on ait pu dire à M. le Préfet,
qu'il fallait un barrage pour éviter les inondations, qui
seules font fructifier leurs prairies.

Celles-ci n'ont que le trop plein des écluses : si l'on
régularisait le cours de la rivière, de manière à ne laisser échapper au fur et à mesure que la quantité d'eau
nécessaire aux usines, eaux qu'on aurait intérêt à ménager dans le lac ou réservoir, il n'en déborderait jamais
naturellement sur leurs prairies, si ce n'est dans les
circonstances exceptionnelles ; leurs droits fondés sur
des titres seraient illusoires, ils font ici la réserve de tous
ces droits.

Suivent les signatures.

D.

Copie de la protestation signée au retour d'une visite faite à Vichy, à S. M. l'Empereur, par des Fabricants et des Ouvriers.

(Cette protestation n'a pu paraître dans l'*Album*, à cause de circonstances indépendantes de la volonté des signataires.)

*Monsieur le Rédacteur de l'*Album.

MONSIEUR,

Vous mentionnez dans votre feuille du 5 courant, un fait que nous devons rectifier.

Dans l'adresse remise à Sa Majesté, la députation des fabricants et ouvriers de Thiers s'est bornée à demander la prompte exécution du chemin de fer de Clermont à Montbrison et l'embranchement de Vichy.

L'adresse ne dit pas un mot du barrage sur le ruisseau de la Semaine.

Nous avons pensé qu'il ne nous appartenait pas de demander dans une adresse à Sa Majesté, l'exécution d'un ouvrage qui devrait entraîner pour la ville des dépenses considérables, et dont les avantages sont diversement appréciés par la population, que cette question devait au contraire être expressément réservée pour recevoir sa solution en temps et lieu, et lorsque l'instruction qui doit la précéder serait achevée.

Les réponses faites aux questions que la majorité a

daigné adresser à plusieurs d'entre nous, leur restent personnelles.

Nous vous prions, Monsieur, d'insérer notre rectification dans votre plus prochain numéro.

Ont signé : Girard-Dumas, Peurière-Tixier, Cusson-St-Joannis, Fédit, St-Joannis-Blondel, Monatte jeune, Chabanne-Pissis, Tixier jeune, Bertry-Buisson, Raffin-Fauron, Riberolles-Douris, A. Lhéraud.

Pour l'intelligence de la pièce qui précède, nous devons donner l'explication qui suit :

Sur le nombre assez considérable de fabricants et ouvriers couteliers qui, en 1862, sont allés à Vichy présenter leurs respectueux hommages au Chef de l'État et demander des chemins de fer, deux seulement ont élevé la voix en faveur du barrage.

Ces deux fabricants s'étaient placés à la tête du cortége, comme devant en être les orateurs officiels.

Ils sont tous deux usiniers.

L'un, outre ses rouets hydrauliques, possède une machine à vapeur. L'unique usine de l'autre, n'a droit qu'à la moitié de l'eau de la Durole, c'est-à-dire que quand celle-ci a un débit insuffisant pour deux usines, ses ouvriers et ceux de l'usine co-partageante chôment alternativement ; il subit la situation de tout propriétaire qui n'a acquis et ne peut posséder que la moitié d'une chose.

Ce même usinier est, il est vrai, propriétaire d'un domaine, dont les eaux du barrage submergeraient une partie assez notable des maisons, des prés et des terres.

A cause de cette dernière circonstance, nous le félicitons de son dévouement aux prétendus intérêts de la fabrique; son désintéressement nous semble d'autant plus digne d'éloges que, nous l'avouons avec franchise, nous n'avons pas le courage du même sacrifice, et qu'il est le *seul* propriétaire de toute la montagne qui l'accepte sans opposition.

Les deux messieurs dont il s'agit ici, sont partout indiqués, surtout auprès des étrangers incompétents *ratione materiæ*, comme les plus capables, les plus éminemment intelligents de toute notre manufacture ; il doit nous étonner qu'ils aient sollicité de la munificence de Sa Majesté, une subvention pour le barrage.

Nous nous garderons bien de mettre en doute leurs capacités; mais il nous semble, que nous sommes en droit de ne pas être de leur avis sur ce point de doctrine manufacturière.

Quoi qu'il en soit, nous avons dû obéir au devoir qui nous est imposé, en constatant expressément, que le nombre de ceux qui sollicitent le barrage est relativement minime, et qu'au moyen de la supériorité d'intelligence que nous leur concédons, ils sauront tous, nous l'espérons, aussi ingénieusement à *peu près mais pas mieux* que leurs 5 à 600 modestes confrères, se passer de cette superfluité.

En définitive, *nous tous qui sommes aussi fabricants les uns que les autres*, nous n'avons pas à nous rehausser, à nous enorgueillir, lorsque nous n'en sommes réellement qu'à l'A, B, C pour la coutellerie fine; lorsque nous sommes menacés d'un traité avec la Prusse; lorsque, outre d'autres avertissements, une lettre *désespérante* de la première maison de Marseille, doit nous rendre prudents et circonspects (17 janvier 1863 (1).

Déjà la concurrence Thiernoise nous laisse bien peu de bénéfices, n'allons pas en provoquer une autre, plus difficile à combattre.

La Fontaine, qui se sert des animaux pour instruire les hommes, nous enseigne que la grenouille ne doit pas vouloir paraître plus grosse que le bœuf; celle de sa fable

> *S'enfla si bien qu'elle creva.*

> Hélas! de beaucoup de fracas
> Que sort-il souvent?
> Du vent.

Ne répétons donc plus qu'au moyen d'un barrage nous pouvons défier la concurrence étrangère, à l'égard de laquelle S. Exc. le Ministre pense que, quant à certains articles, il est bien de nous prémunir (2).

---

(1) Il serait au besoin, donné communication de cette lettre.
(2) Rapport à S. M. l'Empereur, du 22 juin 1863.

E.

**Extrait d'une lettre adressée au nom du Comité par son Président
à S. M. l'Empereur,**

Par l'intermédiaire de S. Exc. le Ministre des travaux publics, avec la
faculté donnée à celui-ci de ne la remettre que s'il le jugeait utile.

9 septembre 1862. — Thiers.

Sire,

Autrefois l'on disait : *Si le roi le savait* : alors les courtisans s'interposaient entre le roi et le peuple. Aujourd'hui, lorsqu'il est victimé, la première pensée du peuple s'élève instinctivement jusqu'à vous, Sire, et il dit : l'Empereur *le saura*.

Nunc, de minimis curat prætor.

Vous n'attendez pas, assis sous le chêne de Vincennes, que vos sujets viennent vous porter leurs doléances.

Vous voyagez, Sire, il semble tout exprès pour aller au devant de leurs besoins, les étudier, donner accès à tous, même aux plus humbles, et rendez justice.

Ceux donc qui viennent à vous, se disant les interprètes des intérêts du peuple, devraient être assez circonspects pour ne pas vous laisser supposer, que ce qu'ils désirent ou ambitionnent personnellement, est l'expression des vœux de tous leurs concitoyens.

Mal à propos l'on a sollicité de votre munificence, une subvention pour l'établissement d'un barrage en amont de la ville de Thiers. Une pétition contre cet établissement a été, en trois jours, couverte de signatures; elle vous convaincra que cette mesure n'est point populaire, qu'elle est inutile, ruineuse et dangereuse sous tous les rapports.

. . . .

Le reste est reproduit dans les observations générales de l'ouvrage.

TABLE DES MATIÈRES.

———◦———

11

FIN DE LA TABLE.

Clermont, typ. Ferdinand Thibaud.

ERRATA.

Page 15, ligne 8, *au lieu de* m e, *lisez* met.

Page 8, ligne 17, après appréciation il manque : .

Page 20, ligne 5, *au lieu de* faci ement, *lisez* facilement.

Page 91, ligne 14, il faut une virgule après vertu.

Page 95, ligne 1re, *au lieu de* reusée, *lisez* creusée.

Page 96, ligne 15, *au lieu de* elles-mêmes, *lisez* d'elles-mêmes.

Page 97, ligne 11, *au lieu de* dans le, *lisez* au.

Page 111, ligne 3, *au lieu de* Delalo, *lisez* Delaleau.

Page 113, ligne 1re, *au lieu de* térêt, *lisez* l'intérêt.

Page 114, 1re ligne de la note, *au mot de* extraordinaireté *ajoutez une* s.

Page 137, ligne 21, *au lieu de* de voir, *lisez* devoir.

www.ingramcontent.com/pod-product-compliance
Lightning Source LLC
Chambersburg PA
CBHW061328050726
47504CB00013B/1513